ない本、あります

不存在的書

能登崇

高詹燦　譯

落ちる
泥酔探偵
梅雨から続けば
傾いた惑星
Tilted planet
第七夏季の男
¥570

前言

看書是很辛苦的一件事。

如果有一本沒辦法看的書，或許能成為一種既輕鬆又愉快的存在。「不存在的書」就是在這樣的想法下孕育而生。

得到一張照片，附上書名和作者姓名，再加以設計，就成了一本書的封面。

接著思考大綱，製作封底。只要加以印製，當作封面來用，外觀就是一本書。由於裡頭全是白紙，所以無法閱讀。這就是「不存在的書」。

當我在網路上募集能做為故事來源的照片，公開我所製作的「不存在的書」時，很幸運的，引來很多人的注意，這本書就此誕生。

然而，我面臨一個大問題。不能看的書稱不上是書。

於是，這次為了讓「不存在的書」變成一本真正的書，我寫下極短篇充當內文。

為了讓你能拿在手上享受它，我將「不存在的書」變成能閱讀的書。

請好好享受從一張照片衍生出的封面、故事大綱，以及極短篇。

目錄

不存在的・書【名詞・複合詞】

①不存在的書。

②根據民眾投稿的一張圖片發揮想像，製作出虛構的文庫本。

③因為不存在，所以就算想看，也無法閱讀。

④也有能閱讀內文的「不存在的書」，就是本書。

以傳送的圖片製作「不存在的書」

圖片提供者 @urayuki3373

櫻望　梅　Ume Sakuramochi

1970年出生於東京都世田谷區。從高中時代開始投入科幻迷活動，結識日後的書籍設計師道山遙歌、作家的妹妹本知壽子。大學畢業後，進入夕榮社，從事科幻作品的發行工作，為文藝雜誌《松》的創刊貢獻心力。離開公司後，開始以作家的身分創作，以《傾斜的世界》獲第19屆渦卷銀河賞。

9A76549999000
12B4560005009
定価：本体714円（税別）
https://twitter.com/nonebook
FICT ￥714E
ハードウェアエンジニア・鍬原耕記がある朝目覚めると、部屋が66.6度傾いていた。片付けもそこそこに外に出た鍬原が直面したのは全てが傾いた世界だった。報道で知るのは地球そのものが傾くという受けいれがたい事実。問題なのは物理か認識か『球体が傾く』という事象の調査を開始した耕記だったが……。抗えないものに対し人類に必要なのは解決か適応か？葛藤と決断を描いた日本SFの傑作。

硬體工程師鍬原耕記某天早上醒來，發現房間傾斜66.6度。匆匆整理過房間後，來到戶外的鍬原，面對的是一整個傾斜的世界。他透過報導得知難以接受的事實，原來是地球本身傾斜。這是物理的問題，還是認知的問題呢？耕記就此對「球體傾斜」的現象展開調查……面對無法抵抗的事物，人類需要的是解決，還是適應呢？描述內心糾葛和決斷的日本科幻傑作。

傾斜的行星

櫻望梅

前言

他愛用的鬧鐘故障，或許可以說是運氣好。

這起對人類具有關鍵性影響的事件發生的那天，鍬原耕記因為疼痛而醒來。他從床上滑到地上，撞到了頭。如果是平時，他枕邊都會擺上金屬製的鬧鐘，但因為它不會響，為了修理，已事先移往書桌上。那鬧鐘也和鍬原一樣，從書桌上滑落地面。

他從床上跌落的原因，並不是因為睡昏頭，而是因為床鋪傾斜。不，不光是床鋪，整個房間也都傾斜。之前是牆壁的部分，現在變成了地板，原本是地板的部分則變成了牆壁，傾斜的感覺就像這樣。床鋪和書桌全都靠向房內的一側。

幸好書架是設在傾斜的下側牆壁上，所以裡頭的物品仍維持原樣，沒釀成災害。

「它要是掉下來的話，我恐怕就沒命了……」

面對眼前那難以置信的光景，鍬原懷疑自己還在做夢，但伸手摸剛才撞到的部位時感覺到的疼痛，告訴他這是現實。

鍬原住在父親留給他的獨棟房裡。床鋪位於二樓。換言之，有可能是出了什麼狀況，底下的房間倒塌了。

要查明原因，非得走出屋外不可。但房門離他很遠。就算想求救，手邊也沒電話。如果想離開這裡，採取的姿勢與其說像在地上爬行，不如說是像在攀登。他以滑落的書桌當踏板，勉強伸手搆著門框。靠手臂的力量撐起整個身體，來到房外。

走廊當然也是傾斜。可能因為隨著時間經過，他逐漸恢復冷靜，心中的不安反而漸增。為了避免一不小心踩空而掉進房內，他小心翼翼地朝一樓前進。

「原來如此，樓梯變成這副模樣啊。」

傾斜的樓梯形成奇妙的光景。外觀看起來猶如地面長出棘刺。除了階梯的直角走起來很刺痛外，現在這樣反而穩定，可以順利前進。

一樓的狀況遠比鍬原想像的還要好。由於二樓嚴重傾斜，他本以為一樓會是更加崩毀的狀況，但建築本身看起來沒有損傷。

「難道是地盤下陷？」

這塊土地的地盤應該沒有鬆動成那樣才對。他思索著這個問題，走出屋外。

眼前的風景，除了地面傾斜外，幾乎一切如昔。

並不是鍬原家傾斜，而是這一帶地面全部傾斜。他靠著自家的牆壁站立，四周不見人影，也沒有車輛在行駛。這也是理所當然的。

「救命啊——」

頭上傳來叫喚聲，一名少女滾了下來。他伸出手，但沒能抓住，少女就這樣一路滑落。

鍬原家門前的道路，是一條長長的直線。如果途中能抓住什麼東西就好了，但如果沒能抓住，或許會全身滿是擦傷。

他覺得自己剛才與少女目光有交會。少女身穿制服，所以應該是國中生或高中生。鍬原當初如果結婚的話，就算有個年紀這麼大的孩子也不足為奇。

過去救她吧。原本應該留在原地等候救援才是明智之舉，但他實在無法待在原地見死不救。

他回到屋內，找來需要的物資。盡可能挑選強韌、方便行動的服裝穿上。平時他買東西都很注重功能性，所以這不是什麼難事。他試著打開電視，發現仍在播放節目。每個業界似乎都有人展現鬥志，堅守崗位。一位像是電視臺職員的男性，以生硬的口吻告訴群眾，目前這是全球性的現象。沒有哪個地方是安全的。

畫面切換，播映從人造衛星上看到的地球樣貌。地球仍舊是渾圓的球體。那麼，為何會傾斜呢？並非地軸傾斜。就只是地面傾斜。

地球不是圓的嗎？

遠處傳來聲響。有某個東西直逼而來。咚咚咚咚咚咚，那音量說明了該物體擁有驚人的質量。鍬原有不祥的預感，他馬上跳進浴室裡。浴室裡沒有窗戶。他全身僵硬，靜靜地在浴缸裡待了半晌，直到聲響消失為止。

來到外頭一看，災情慘重。就像暴風直接襲向屋內一般，窗戶破裂，多樣家具被沖走。屋內的東西全部溼成一片，就只有浴室裡是乾的。鍬原在原地呆立了半晌。

那不是雨，是河。

原本流經隔壁市街的河川，往這裡滑落。水完全照著重力的方向走。如果地面傾斜，就會一路往下流。傾斜的地球有底嗎？

他想起那名少女，急忙來到屋外。他往下望，但看不出是什麼情況。只能冒險前往嗎？希望她還活著。鍬原向老天爺祈禱。雖然地面傾斜，但天空還是好端端地在原地。

鍬原將繩索綁向自己家中的屋柱，另一頭綁在自己身上。

可能是綁得太緊，感到莫名的難受。但此刻的難受和不安，都只是接下來即將展開的眾多故事的前兆罷了。

以傳送的圖片製作「不存在的書」

圖片提供者　@ayy3210

泥醉探偵
Ramon Shimana
羅門 志麻奈
裝彈社文庫
羅門　志麻奈　Shimana Ramon
1979年出生於愛知縣。當過酒保、待過酒館，2003年在《小說
石》雜誌上發表短篇小說《醉漢》，就此出道。目前以《指定酩
在該雜誌上連載中，因承受不了壓力而失蹤。失聯狀況長達兩年
過，每個月還是會寄送連載的原稿給雜誌社。2020年因急性心臟

9A76549999000

12B4560005009

定価：本体714円（税別）

https://twitter.com/nonebook

FICT ￥714E

泥酔探偵は二度謎を解く――。酒を飲むと記憶を失う体質である小高咲雄は、いつもひどい頭痛と共に目を覚ます。覚えているのは自分が何らかの事件を解決したという実感のみ。自分が昨夜どこでどんな謎を解いたのか、持ち帰った『証拠』と愛用のボイスメモに記録された『証言』から再現を試みる。やがてたどり着く、体質の正体と過去。ミステリー史上最も効率の悪い探偵登場！

爛醉偵探二度解謎。小高咲雄的體質只要一喝酒就會失去記憶，他總是在劇烈疼痛下醒來。醒來後只記得自己曾經破案的真切感受。自己昨晚在哪裡解開怎樣的謎，他會試著以帶回家的「證據」以及記錄在錄音筆裡的「證詞」來加以重現。不久，他查出自己這種體質的真正原因以及過去。推理史上最沒效率的偵探登場！

爛醉偵探

羅門志麻奈

第四話　一如平時的爛醉

不管什麼時候，醒來總是狀況極差。

腦袋又沉又痛，懷疑是否腦子裡裝滿了生鏽的鐵釘，喉嚨也無比乾渴。好想喝水。喝完酒的隔天，不知為何，鼻塞變得更嚴重。

不管昨天我是否遭遇了什麼事件，都一樣會覺得渾身不舒服，但似乎是解開了某個謎。

約二十張榻榻米大的單人房內，中央的桌子擺著便條紙。

「你醒來後，請到這裡來。」

便條紙上寫著地址和飯店名稱。總覺得這地址好像看過。那外型渾圓的小字，感覺像是女人的筆跡。謎樣的女人……

有人來過這個房間嗎？

上網搜尋地址，查出一家賓館。要是對方在這個房間裡待了一晚，就不懂她用便條紙留言邀我去賓館的用意何在了。

我愛用的錄音筆就放在同一張書桌上，我確認裡頭的內容。

「一直到剛才為止，我都在和上司單獨喝酒。」

裡頭有年輕女子的錄音。這是某種證詞。不需要的東西會馬上刪除，但重要的發言則會像這樣保留下來，這是我的習慣，所以這應該是屬於重要的發言。

我有個壞習慣。一旦酒喝多了，就會喪失記憶，然後會捲入某個事件中，就此破案。平時的我，就算前方的地面有狗屎，我也不會發現，但似乎唯獨在喝得爛醉時，頭腦特別清楚。

昨天有點冷，所以我穿上大衣外出。我朝掛在椅背上的大衣口袋裡探尋，找到一張發票。

「Bar Long Tail」

沒聽過的名字。消費是四千七百日圓。這是以現金支付，所以不是我付的帳。因為不會留下紀錄的結帳方式，我都盡可能不採用。我繼續朝大衣尋找，從另一側的口袋裡又找出一張發票。

「亞希菜」

我知道這家店。是我常去的一家小料理店。看來，我昨晚也獨自去那裡喝酒。

看著上頭印出的地址，我才發現，之所以對便條紙上寫的地址有印象，是因為它就在亞希菜附近。

既然吃了這麼多錢，應該在店裡待了有兩小時之久，但與剛才那張酒吧消費的發票，只間隔一個小時。這很可能不是我的發票，而是將某人的東西當物證，暫時由我保管。

既然待過亞希菜，或許打通電話就能問出昨天的事，但現在就打電話去把營業到深夜的老闆娘吵醒，又會覺得過意不去。

因為這種事一再發生，所以我懂得個中竅門。我很確定，既然留下線索，就表示發生了某起事件，於是展開思考。真的發生過這種事嗎？就算想從記憶中確認真偽，也沒意義。就算已經忘了，那也是我曾經親身體驗，而且思考過的事。一定是昨天的我在引導我自己。我要將想像力發揮到極限。

對照錄音筆的內容來看，酒吧的發票應該是在便條紙上留言的那名女子所有。

等等，和上司單獨喝酒，發票會由部下帶回家嗎？

我明白了。也許是那位上司處在無法結帳的狀態下吧。例如喝得酩酊大醉，就此呼呼大睡。這個推測有根據。那就是剛才我發現的那張便條紙。

「你醒來後，請到這裡來。」

這不是寫給我的。是留給那位在酒吧睡著的上司。

喝得酩酊大醉（可能是遭人刻意灌醉），倒頭就睡，醒來後，之前一起喝酒的年輕部下已不在身旁，而且已結完帳。只要眼前留下便條紙，就算感到疑惑，姑且還是會先照著指示做吧。如果手機打不通，那也沒其他選擇了。而且最重要的是，期待會讓人誤判。只要女子在離開酒吧時，跟店員吩咐一聲「等大約一個小時後，請叫醒他」，就能進行時間的調節。

女子在酒吧結完帳後，前往亞希菜。在那裡和店內客人交談，製造不在場證明。只要一邊抱怨上司，一邊喝酒，途中從廁所窗戶溜出去，將來到附近賓館前的上司殺死，她的不在場證明就成立了。

屍體預先藏在附近，女子從亞希菜離開後，將屍體搬往酒吧附近，如此一來，犯案現場的偽裝便完成了。只要連同便條紙的事一併掩蓋，應該就會讓人認定上司是從酒吧回家的路上遭人襲擊。最後和上司見面的是那名女子，而且店員目睹他們兩人在一起，所以當然會引來懷疑。但女子後來留下喝得爛醉的上司，自己離開酒吧。之後與她在亞希菜見面的客人，也就是我，會證實她有不在場證明。

情況究竟是怎樣呢？為了驗證答案，我試著上網搜尋新聞報導，正好有一則剛更新的新聞。

「某公司董事橋本智也（四十二歲），被人發現喪命在三珠區路旁。」……可能就是他了。

後來是以這項推理揪出那名女嫌犯，還是有其他結果呢，我完全想不起來。

為了謹慎起見，還是先跟認識的刑警說吧。

「不好意思。我好像又破案了……」

我心裡想，與其得做這樣的麻煩事，還不如戒酒算了，但我就是做不到。
因為我無法保護自己心愛的人，為了擺脫這樣的罪惡感，除了喝酒，別無他法。

以傳送的圖片製作「不存在的書」

圖片提供者　@CANDY__VILLAGE

泳いだり、休んだり
河馬文庫

淺井　草寺　Soji Asai

1980年生。在廣告公司擔任廣告文案，同時持續向《極短篇遊樂園》（鶴見祐司編）投稿，於2010年連同投稿作品在內，以電子書的形式發表《第二臺海盜船》。2015年，因《尤理與百合》一書拍成電影，得到廣大書迷支持。此外還有《繆圖》、《小指》、《在你變成貓之前》等，著作頗豐。

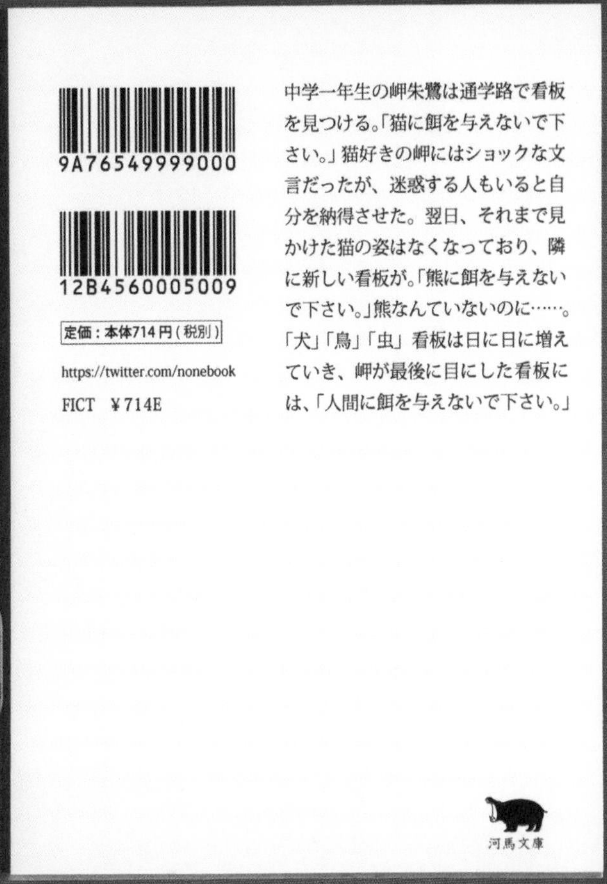
9A765499990000
12B4560005009
定価：本体714円（税別）
https://twitter.com/nonebook
FICT ￥714E
中学一年生の岬朱鷺は通学路で看板を見つける。「猫に餌を与えないで下さい。」猫好きの岬にはショックな文言だったが、迷惑する人もいると自分を納得させた。翌日、それまで見かけた猫の姿はなくなっており、隣に新しい看板が。「熊に餌を与えないで下さい。」熊なんていないのに……。「犬」「鳥」「虫」看板は日に日に増えていき、岬が最後に目にした看板には、「人間に餌を与えないで下さい。」
河馬文庫

國一生岬朱鷺，在上學的路上發現一個看板，寫著「請勿餵貓」。這句話令喜歡貓的岬大為震驚，但她告訴自己，確實也有人會因為這樣感到困擾。隔天，之前看到的貓不見蹤影，隔壁冒出一個新的看板，寫著「請勿餵熊」。明明就沒有熊啊……後來，寫著「狗」、「鳥」、「昆蟲」的看板與日俱增，岬最後看到的看板，上面寫的是「請勿餵人」。

請勿餵貓。

淺井草寺

「請勿餵人。」

在上學途中，朱鷺在看板前停步。

這裡在昨天之前，立的是一塊寫著「請勿餵鳥。」的看板。

前一天寫的是「請勿餵昆蟲。」，再前一天則是「請勿餵狗。」。

或許是「請勿餵熊。」更早。不，先後順序不重要。重點是它指定的生物，從隔天起就再也看不到了。

如果不餵食會怎樣？會餓死。剛升上國中的朱鷺好歹也懂這個道理。

但才短短一天，物種就這樣消失，不可能有這種事。

如果人類全部消失的話，學校和考試也全都會消失嗎？考試和念書她都很擅長，並不排斥，但她討厭學校。雖然有朋友，但彼此興趣不合，就只是因為自己一個人沒事做，才勉強和他們在一起。自己一個人反而還比較輕鬆自在。

此時突然天昏地暗。

剛才明明還晴空萬里，難道是濃密的雲層飄來？她仰望天空，那裡有一雙眼睛。她與天空的一雙眼睛對上了眼。

「哇！」

因為過於吃驚，而一屁股跌坐地上。天空浮現一對巨大的眼睛，正俯瞰著她。

……它在看我。

「咦，怎麼回事！怎麼回事！」

聽說人在真的大感驚訝時，連聲音都發不出來，但朱鷺不一樣。她還沒來得及思考，身體已先有了動作。她沒停歇片刻，也沒放慢速度，一路跑回家。

「媽！」

她一衝進玄關，便大聲叫喚母親。家中一片安靜，也沒聽到出門時開著沒關的電視聲音。

「媽？」

因為走進室內，阻擋了那雙眼睛的視線，她開始慢慢恢復冷靜。雖然不知道發生什麼事，但家裡似乎沒人在。手機也收不到訊號。

她惴惴不安地來到屋外。那雙眼睛仍舊望著她。她盡可能走在暗處，不讓自己進入那雙眼睛的視線中，朝車站前走去。

「這是怎麼回事？」

看來，人類真的全都消失了。

就連平時人來人往的車站前，也變得一片死寂。派出所、超商也都空無一人。幾天前，連昆蟲也全都消失，所以平時吵得耳根子無法清靜的蟬鳴聲也完全聽不見。之前還覺得自己一個人比較輕鬆自在，但真的剩自己一個人時，卻又深感不安。

「真假，還有人耶。」

再次聽到別人的聲音，朱鷺有種暌違許久的感覺。說話的人是一位身穿制服的少女，看起來年紀比朱鷺大。可能是高中生吧。

「哎呀，急死我了。我一早起來，每個人突然都消失了。而且天空有一對可怕的眼睛一直盯著我瞧。」

看來，少女與朱鷺幾乎是同樣的處境。不過，她看起來倒是相當冷靜。

少女名叫明美。

她頭髮染成亮眼的顏色，但看她的制服，是市內知名的升學學校。

我們先去吃早餐吧。在少女的邀約下，她們從附近的超商偷壽司吃。

「因為不知道電力可以維持到什麼時候，所以這或許是最後一次吃到生鮮食品了。」

明明是處在這種情況下，卻覺得很興奮，感到莫名的快樂。

「為什麼只有我們存活下來呢？」

「不知道耶，可能是因為我們不是人類吧。」

大致聽完朱鷺說的話之後，明美若無其事地說道。

「如果說最近的異常現象與妳看到的看板有關的話，人類應該是全部消失了，但我們卻存活了下來，大概是因為我們不是人類吧。」

「可是，我是人類啊？」

明美應該也是才對。

「不過，我們沒有出生時的記憶。這很難說哦。」

兩人仰望浮在天空的那雙眼睛。

「不讓我們消失嗎？」

她朝天空的那雙眼睛詢問。感覺那傢伙用眼睛在嘲笑她們。

「那傢伙讓人看了就有氣對吧。」

明美似乎也是同樣的心情。朱鷺覺得很開心，喜溢眉宇。

「好，妳帶我去看板那裡吧。」

在明美的請求下，朱鷺帶她走到看板處。

途中繞了一趟文具店，拿走修正液和油性筆。

「妳看。」

明美改寫看板上的文字。

「請勿在天空浮現眼睛。」

雖然不知道這是不是看板造成的效果，不過之前覆蓋天空的那雙眼睛就此遠去，慢慢消失不見。

「剛才聽妳描述時，我就在想，這招或許行得通。」

嘿嘿嘿。明美露出笑容，兩頰浮現酒窩。

「接下來打算怎麼做？」

「如果只有我們兩個人的話，最後只會走上滅亡吧。」

既然只會成為滅亡的物種，至少希望能快樂地生活，直到最後。

「不過，也許可以生出下一代吧？」

「咦？」

「如果不是人類的話，就算不是男人和女人的組合，或許一樣能生下小孩，這麼一來，就還不算結束。」

我們將成為這世界的夏娃和夏娃。說來也真不可思議，朱鷺很自然地就接受了明美的想法。

這世界只有我和明美，而我們將會在我們所生的孩子簇擁下生活。光是這樣想像，就很自然地笑逐顏開。

「借我一下。」

朱鷺從明美手中接過修正液和油性筆，朝看板上寫字。

『至少請讓我們幸福地過日子。』

不知道這樣的看板具有什麼含意。不過，要是寫在這裡的事真的都能成真就好了。

我們今後將會過著幸福的日子。

以傳送的圖片製作「不存在的書」

圖片提供者　@kenken639348049

祭日文庫

橫屋　茉莉　Matsuri Yokoya

出生於山口縣。奇幻小說家小菅茂通的獨生女。1991年以《無臉鯨》贏得捕鯨文學新人獎，就此出道。人們常以小說家夫婦之女提起她，但因為小菅茂通是再婚，所以小菅的妻子，同時也是驚悚小說家的小谷美奈子，與橫屋茉莉並無血緣關係。著作有《父與我。》、《他人的反省》、《As soon kuzu》等。

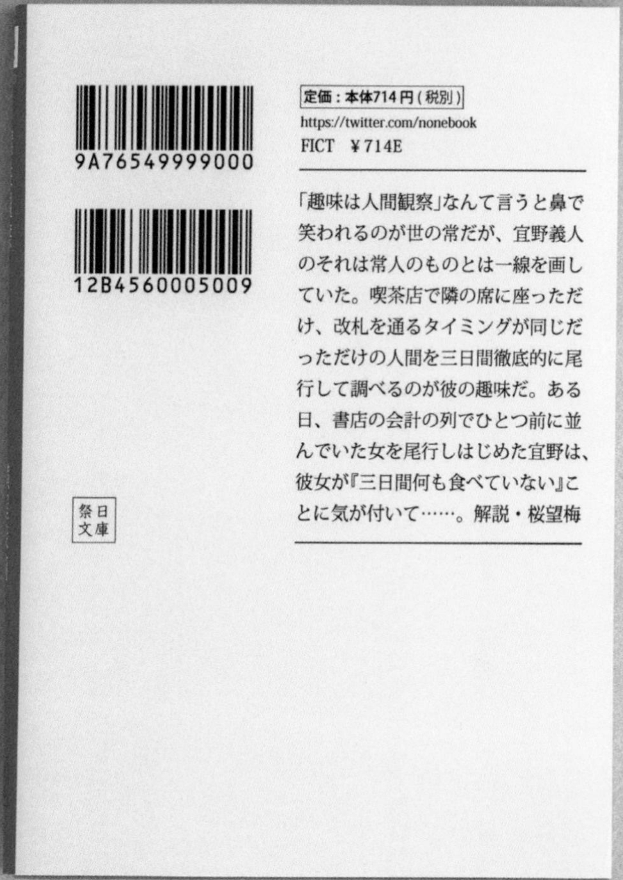
9A76549999000
12B4560005009
定価：本体714円（税別）
https://twitter.com/nonebook
FICT ￥714E
「趣味は人間観察」なんて言うと鼻で笑われるのが世の常だが、宜野義人のそれは常人のものとは一線を画していた。喫茶店で隣の席に座っただけ、改札を通るタイミングが同じだっただけの人間を三日間徹底的に尾行して調べるのが彼の趣味だ。ある日、書店の会計の列でひとつ前に並んでいた女を尾行しはじめた宜野は、彼女が『三日間何も食べていない』ことに気が付いて……。解説・桜望梅
祭日文庫

「我的嗜好是觀察人。」說出這樣的話會引來嘲笑也是人之常情，但宜野義人的嗜好與常人截然不同。有人就只是在咖啡廳坐他隔壁桌，並和他同一時間通過驗票口，他就花上整整三天的時間徹底跟蹤對方，展開調查，這就是他的嗜好。某天，一名女子在書店排隊結帳，站在宜野前面，他開始跟蹤女子時，發現她「已經三天什麼都沒吃」……。解說，櫻望梅。

身分觀察

橫屋茉莉

Case.04 不吃東西的女人

沒事可做的人，該做什麼才好？

以宜野義人的情況來說，他選擇觀察人。

「我的嗜好是觀察人」，只要像這樣自我介紹，別人加以嘲笑也是理所當然的反應，不過宜野做得相當徹底。

他會一直緊盯著街上瞧，一旦決定好對象，就會花上整整三天的時間，徹底展開跟蹤。

宜野因為某個緣故而得到一大筆錢，可供他一生玩樂度日，但這時他面臨了一個新的問題。他沒事可做。雖然他也能四處玩樂，但揮霍之後的不安勝過快感。隨著存款日益減少，他也漸感焦慮，對任何事都感受不到樂趣。

有沒有不太需要花錢，就能享受到樂趣的嗜好呢？經過一再的錯誤嘗試，最後他終於找到了，那就是觀察人。

今天的對象是三十歲左右的女性。宜野為了買雜誌而走向書店的收銀機時，女子就排在宜野前面。

女子結完帳，與他擦身而過時，她散發的獨特氣質，引起宜野的好奇。

女子長得很像他十幾歲時看過的一齣電影裡頭的女星。從電影拍攝的年代來看，不會是那位女星本人。就只是氣質很像。他已經忘了電影的名稱和導演，但唯獨記得那位女星的側臉。一頭烏黑的短髮鮑伯頭，形狀好看的白皙耳朵，搭上閃閃發亮的耳飾。頸部線條也相當好看。

他向來都不會挑選同年齡層的異性為對象。因為萬一跟蹤的事曝光，他不會被當「怪人」看待，而是很可能就此淪為「罪犯」。

但他還是不自主地跟在對方身後，就此展開跟蹤。也許是因為有好一陣子都以中年男子為對象，感到厭膩了吧。他有預感，會有事發生。

女子獨自住在大樓裡。房租一個月可能要八萬日圓左右吧。早上七點半左右出門，搭電車上班，約五十分鐘的車程。午休時間，會徒步走五分鐘到一處公園度過。是還沒融入職場嗎？宜野自己替她擔心起來，但他這是狗拿耗子，多管閒事。似乎是一家正派經營的公司，一過下午五點，女子便離開公司返家。每天她都會在書店買一本書，然後直接回到大樓住處。

比起那千篇一律的生活，有件事令宜野感到在意。

——至少在這三天的時間裡，她什麼也沒吃。

宜野並非二十四小時都在監視她。如果她是深夜外出，到超商買吃的，他就不會發現。但至少白天時，女子沒吃東西，也沒買吃的，這是顯而易見的事。

追加調查。

像這種時候，宜野會延長調查時間，直到自己滿意為止。過去他也曾持續跟蹤一名男性，長達三週之久。

而在他開始調查後的第七天晚上，他害怕的事發生了。

女子走進屋內後，宜野仍沒回家，比平時待得還久。大樓隔壁有一座公園，所以他買了溫熱的罐裝咖啡，朝長椅坐下。抬頭望向女子家的窗戶，但窗簾緊閉，看不出屋內的情況。

他可能一直維持這個姿勢，長達三十分鐘之久。

「喂。」

突然傳來一聲叫喚。抬頭一看，女子從陽臺露臉。

「是你一直在看我對吧？我肚子很餓，你也差不多該適可而止了吧。」

你留在那裡等我——女子這樣說道，宜野待在原地等她出來。他大可逃走，但不知為何，他無法行動，就這樣待在原地靜靜等候。

幸好警察或是她的可怕男友都沒出現，女子緩緩走來。站在宜野面前的女子，果然長得很標緻。

「我這個人，只要感覺到別人的視線就會受不了。什麼也吃不下。」

本以為女子是為了他跟蹤的事前來興師問罪，但沒想到女子出奇地冷靜。也沒問他為什麼要這麼做，便開始自顧自地說起她所面臨的問題。

「從小，只要有人看著我，我就食不下嚥，所以用餐時間吃了不少苦。我總要找沒人的地方用餐，但這一個禮拜，不管我去哪兒都沒用。所以我才發現，有人一直在盯著我瞧。」

基本上觀察不會對觀察的對象造成影響，但這次帶來了意外的效果。

「呃……我……」

這時候道歉好像也不太對，宜野變得吞吞吐吐。

她呼出的嘆息，化為白色的霧氣，逐漸消失。

「你的視線太強烈了。就算待在屋裡，我還是什麼也吃不下。」

所以，抱歉了——女子白皙的手指，緩緩朝他的眼珠伸了過來。如果就這樣碰觸她的手指，不知道會多舒服。他就像自己被吸過去似的，逐漸朝女子靠近。就這樣緩緩接近。

突然間啪嚓一聲，手中的鐵罐變形。好像是他在無意識中握緊鐵罐，那聲響突然將他拉回了現實。

「哇！」

他同時大叫一聲，而且是吶喊。整個人彈地而起。她想做什麼？要失去什麼都行，就是不能失去眼睛。今後還有許多事物等著看呢。

總之，要先讓雙腳動起來，卯足全力離開現場。

跑到她的手碰不到的地方。

跑到視線看不到她的地方。

以傳送的圖片製作「不存在的書」

圖片提供者　@shinyAC320B

扇動社フィクション文庫

伊園木　勇二　Yuji Izonogi

1989年出生於和歌山縣。星雲大學人類環境學院畢業。雖在科幻小說作家輩出的「搗麻糬會」裡擔任第四代會長，但本人卻公開說：「我是科幻小說讀者，但不是科幻小說作家。」他同時也是廣為人知的超藝術托馬森收藏家，作品大多也是以路上觀察為主題。（※註：超藝術托馬森是由赤瀨川原平的發現而被命名的藝術性概念。意為「附屬於不動產，彷彿是用來被美麗地展示，而保存下來的無用之物」。）

9A76549999000
12B456000509
最高潮の瞬間、ステージ上のアイドルが口にしたのは歌詞ではなかった。「落ちる」彼女は意識を失い病院へ搬送された。同様の事件が立て続けに六件。街に意識が落ちる隙間が発生している。見つけるには街をよく知る者の協力が必要だ。医師である三城は、奇人と噂されている青木島宗平に助けを求める。共に街を歩き続けて三十七時間目、法則を発見した青木島が口にした言葉は「落ちる」。
定価：本体714円（税別）
https://twitter.com/nonebook
FICT ￥714E

當表演來到高潮時，站在舞臺上的偶像，口中說出的卻不是歌詞。「掉下去」的她失去意識，被送往醫院。同樣的事件接連發生了六起。市街裡產生會讓人意識掉下去的縫隙。要找出縫隙，需要熟悉這座市街的人協助。醫師三城向傳聞中的奇人青木島宗平求助。青木島在市街裡持續地走，走到第三十七小時，他發現了當中的規則，這時他開口說的話竟是「掉下去了」。

掉下去了

伊園木勇二

1

對她來說，那應該是別具意義的一刻才對。

三小時的實況轉播，人氣歌手陸續登場，從這處冬天的會場揚起陣陣熱氣。這起事件是在節目的後半段發生。五人組的偶像團體登場，正在唱她們的暢銷曲時，團隊裡的靈魂人物突然失去意識，昏倒在舞臺上。一開始以為這是演出橋段的觀眾，看到相關人員在舞臺上東奔西跑，這才慢慢明白真的發生了事故。廣告結束後，現場情況仍未平息，畫面中持續播放站在舞臺旁不知所措的主持人。

昏倒的偶像立即被送往醫院。雖然對外聲稱她沒有生命危險，但一直都沒恢復意識。當時的畫面被當作重大事件，在電視新聞上不斷播放。

在一再觀看的過程中，眾人注意到那位偶像最後說的話。

「那只是唱錯歌詞」、「是收到了雜音」、「會不會是她腦袋出了狀況」，眾說紛紜，但經過一再驗證後，終於查明她最後說的話是什麼。

「掉下去了。」

最後說完這句話後，這位偶像便失去意識。

2

三城醫師看著轉播畫面，雙目圓睜。

因為這與幾天前，在他工作的醫院目睹的病例一模一樣。

「我視野中出現縫隙」，聽聞病人如此古怪的陳述，三城始終無法理解。由於該名病患的眼睛和腦部都查無異狀，所以他原本推測是長期住院的壓力所造成，但該名病患在陳述過這種異狀後的隔週，便失去意識。

三城一再重看他的病歷，逐一回想與他的對話，但始終找不到原因。

視野中出現縫隙，三城一再確認這句話的含意，但始終問不出個所以然來。「就是縫隙啊」、「有個部分，那裡的風景略微偏斜」、「眼前的景象有個接縫處，似乎只要手往裡面伸，就會被吸進裡頭」、「我不知道。我總是都往回走，但也許不要往回走比較好」。

再觀察看看吧。當束手無策時，只能採取這樣的制式化回答。儘管他極力找尋有無類似的病例，但始終找不到解答。他找大學時代的同窗，以及其他朋友討論，但都查無線索。

「掉下去了。」

根據報告，聽說在病患失去意識那天，透過護理師呼叫系統傳來一個聲音這樣說道。

3

他被電話鈴聲拉回現實世界中。

剛才他似乎在發呆。三城馬上關掉電視，接起電話。最近總覺得時間感有點模糊。

「我發現了。我終於也看得見了。」

從話筒的另一頭傳來一個熟悉的聲音。是他的大學同窗青木島。在學期間，青木島就是個出了名的怪人，雖然擁有醫師執照，卻不當醫生，改當起工作內容不明的自由撰稿人。

「我已經掌握到一點線索了，從那之後我一直在街上行走。」

「從那之後？」

前天他為了那名患者的事，找青木島商量。如果完全照青木島說的話來看，他已經走了三十多小時。若對象換作是別人，三城會認為這是在開玩笑，但青木島確實聲稱他是在散步，而接連走了三天三夜。

「市街的縫隙，我也曾經看到過。」

那名病患也說過類似的話。

「之前我為了蒐集超藝術托馬森而在街上散步時，它碰巧從我視野中掠過，所以我想確認，看會不會發生同樣的現象。」

「然後呢，你是否看出了什麼？」

「也就是說，這種現象不是因人而發生，而是因場所而發生。」

青木島的興奮隔著電話傳來。這也算是一種實況轉播。

「真的有，真的有呢。」

「等一下，你現在人在哪兒？發生什麼事了？」

三城的叫喚一點都不管用，就只是青木島單方面一直說個不停。

「掉下去了。」

兩人的通話沒斷，一直傳來颼颼風聲。

4

三城眼前是那名患者躺過的病床。

現在是沒人使用的單人房，所以四周再無旁人。青木島給了他一個很大的提示。之前三城以為這是一種疾病，所以查不出原因。其實這始終都是一種現象，只會在特地場所發生。如果真是這樣，病患最後待過的場所，應該就有那種縫隙會出現。他一直定睛凝視，什麼也沒看見。就這樣持續了幾十分鐘，改變角度持續觀察，但還是什麼也沒發生，也許是誤會一場。正當他想回去睡覺時，突然發現一件事。那名病患是躺在床上。

於是他躺向病床，變成和病患同樣的視野。當他轉頭時，有個東西從視野中掠過。

「啊！」

就是它嗎？確實有個能稱之為縫隙的東西存在。只要手一伸，就會被吸進縫隙裡。他突然很想找人說話，於是他打電話給去年分手的前女友。

「妳誤會了。這是我最後一次打電話給妳。」

將自己交付給存在於縫隙後方的重力後，頓時有一股幾欲將人吸入的感覺襲來。對面一定有什麼很棒的東西在，啊～真舒服。

「掉下去了。」

以傳送的圖片製作「不存在的書」

圖片提供者　@kure_178

鶴見　祐司　Yuji Tsurumi

1951年出生於北海道。當過音樂製作人志村高的徒弟，於1978年以《史汀》一書出道。是知名的極短篇能手，以《極短篇圖鑑》一書獲真崎賞。之後在他自己擔任評鑑委員的極短篇徵文比賽中，以參賽作品整理出《極短篇遊樂園》一書，並傾注全力定期出刊。

9A76549999000

12B4560005009

定価：本体714円（税別）

https://twitter.com/nonebook

FICT ￥714E

被害者は悪人、加害者は善人。目撃者は七人。白昼堂々行われた殺人事件、復讐を遂げた少女は呆然自失と立ち尽くす。偶然居合わせた目撃者たちは、被害者ではなく加害者の彼女に同情した。警察を呼ぶ直前に、一人が手を挙げ訴えた「我々が見なかったことにすれば彼女は助かるのでは……」かくして七人のやさしい目撃者たちによる完全犯罪への挑戦が幕を開ける。　解説・南村羽織

被害者是壞人，加害者是好人。目擊者一共七人。在光天化日下公然犯案的殺人案，成功復仇的少女呆立原地，茫然若失。恰巧在場的目擊者們對這位不是被害者，而是加害者的女子寄予同情。在報警前，其中一人舉手提議道：「要是我們都裝沒看到的話，她不就沒事了嗎……」就這樣，這七位善良的目擊者開始挑戰一場完美犯罪。　解說・南村羽織

七位善良的目擊者

鶴見祐司

▲「那，就不通知警方嘍？」

♪「因為她實在太可憐了。」

△「就我們所聽到的內容，她實在沒必要再背負更多的痛苦。」

×「這個男人……不，我們長期以來所做的事，就算會被她殺害，也是理所當然。所以，如果不向警方通報，對她會比較好的話，那我會保持沉默。」

■「怎樣都好，可以快點決定嗎？我和人有約，剩沒多少時間了。」

◎「要是報警，至少在晚上之前都別想回家了。」

♪「大叔，你都這把年紀了，冷靜一點好不好。只要你有手機，打電話聯絡一聲不就好了嗎？」

■「什麼，妳……真沒禮貌，說、說這種話。」

◎「好了，冷靜一點，因為目睹這種光景，所以大家情緒都太激動了。」

♪「不過，說是壞人，從外表是看不出來的。」

×「社長也曾被商業雜誌報導過，而且他頗受女性歡迎。」

♪「他好像奴役好幾名外國女性，害死了不少人呢。」

▲「不是他害死的吧。」

♪「因為對方都下落不明，所以也差不多吧。」

◎「查無證據，所以不能以此向他問罪。」

×「他真的很優秀。包括我在內，有許多部下都深受他的個人魅力吸引。若不是這樣，他老早就被人舉發了吧。」

♪「大叔，你這是在誇獎他嗎？」

×「哪兒的話呢。」

◎「因為沒有證據，所以沒接受制裁。眼下的情況也一樣對吧。」

▲「大家不是都說日本的警察很優秀嗎？雖然我也很想幫忙，但不希望連我也被逮捕啊。」

◎「所以接下來才要想因應之道啊！」

■「總之，怎樣都好。只要先決定好方針，就能離開這裡。」

♪「你這樣說也沒用啊，這可是出了條人命，你就別再發牢騷了，陪我們待到最後吧。」

△「只要是各位客人的決定，我們沒有意見。而且，比起因為店裡出了人命而惡名遠揚，還不如當作什麼都沒發生過，這樣還比較謝天謝地。」

♪「老先生，你挺上道的嘛。」

▲「突然失聯的話，公司裡應該有人會發現吧？沒關係嗎？」

×「社長是位大忙人，他常沒跟任何人交代一聲，就出門旅行，所以失聯兩、三天應該沒什麼問題。」

■「你說旅行，是和小三一起出遊對吧。」

♪「大叔，你也常用這招嗎？聲稱要出差，但其實是和小三一起出遊。」

■「我怎麼可能做這種事。」

◎「不過，會做這種事的人，你應該親眼見過不少吧。」

♪「既然他有愛人，那方面會不會有問題？如果是我，只要半天沒聯絡上男友，就會拚了命找他。」

×「就這個層面來說的話，社長沒主動聯絡，反而高興都來不及，所以不會有問題的。」

■「看來，你很討厭社長哦。」

×「哪兒的話呢。」

◎「不過我認為，他就算遭人殺害，也是理所當然。」

×「是啊。」

▲「竟然還說是，你這個男人也太誇張了。」

×「謝謝誇獎。」

♪「她可不是在誇你哦。」

△「我先來確認一下在場每個人的想法吧。那位小姐，妳從剛才起一直都沒開口說過話吧。」

＃「啊，結束了嗎？我覺得怎樣都行，所以才保持沉默，不過，如果是要處理屍體，我可以接下這項工作哦。」

◎「咦？」

♪「這位小姐，這件事很棘手耶。妳曾經殺過人嗎？」

＃「我沒殺過人哦。」

♪「講得這麼輕鬆……」

＃「比起之後接受警察問話，直接將這具屍體處理掉，反而還比較簡單。」

◎「還說簡單……」

♪「小姐，妳是何方神聖？」

■「妳有過這樣的經驗嗎？」

＃「這我早習慣了，所以沒問題的。」

♪「意思是妳有這樣的經驗？」

＃「那麼，我現在交代幾樣東西，你們可以去買回來嗎？有七個人在，應該很快就能完成。」

以傳送的圖片製作「不存在的書」

圖片提供者 @main1108_

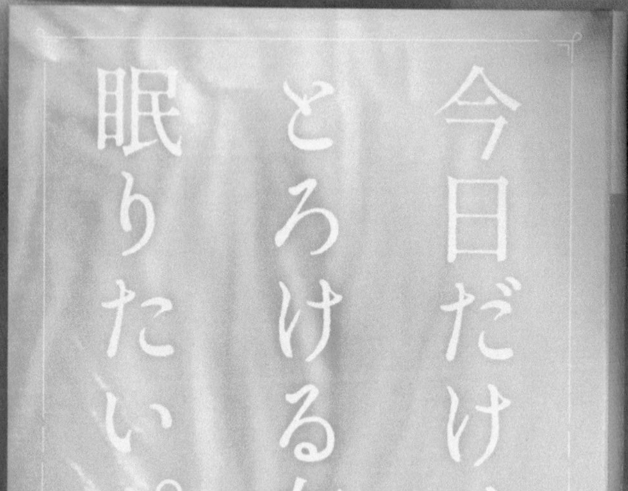
今日だけは、
とろける布団で
眠りたい。
妹本知寿子
鈴風文庫

妹本　知壽子　**Chizuko Semoto**

出生於京都府。高田大學第一文學院畢業。當過一般上班族後，在2002年以《貓窩股份有限公司》出道。她的作品大多是以不受重用的公司員工當主角，劇情中既沒有扭轉局勢，也沒有功成名就，她便是以這種風格獨特的職場小說聞名。2019年，她在連載的隨筆中公開提到演員鯖江英介是她堂哥，就此蔚為話題。

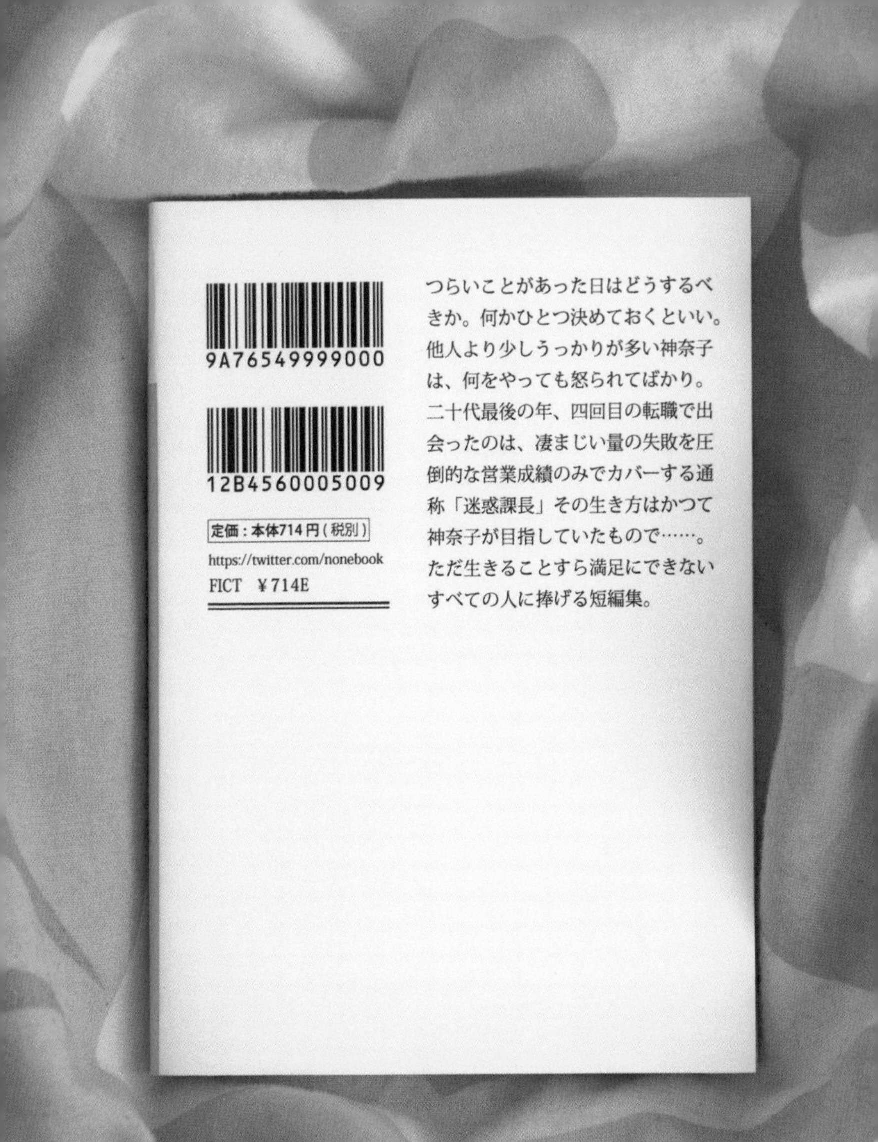
9A76549999000
12B4560005009
定価：本体714円（税別）
https://twitter.com/nonebook
FICT ￥714E
つらいことがあった日はどうするべきか。何かひとつ決めておくといい。他人より少しうっかりが多い神奈子は、何をやっても怒られてばかり。二十代最後の年、四回目の転職で出会ったのは、凄まじい量の失敗を圧倒的な営業成績のみでカバーする通称「迷惑課長」その生き方はかつて神奈子が目指していたもので……。ただ生きることすら満足にできないすべての人に捧げる短編集。

難過的日子該做什麼好呢？最好能先做好決定。比別人都還要糊塗的神奈子，不管做什麼事都老是挨罵。在二十九歲這年，第四次換工作時，遇上了這位總是以過人的業績來彌補自己犯下的過錯，人稱「出包課長」的人物，他的生活態度正是以前神奈子所追求的……這部短篇集，獻給連要過基本的生活都無法滿足的所有人。

唯獨今天，好想在軟綿綿的被窩裡睡覺。

妹本知壽子

打從一開始我就不適合業務的工作。

神奈子對自己過去的選擇很後悔。如果不是因為離家近而選擇高中，如果不是因為找工作容易而選擇就讀經濟學院，如果不是以知名度來決定一畢業就上班的公司，如果就算工作不順利，也能忍耐繼續下去的話……

這樣的選擇一再交疊，如今她都已經二十九歲了，卻第四度換工作。工作類別和之前一樣，從事業務。不過，前三家公司做得不順利，不可能到了第四家就突然一帆風順。

由於她的在學成績不錯，所以她花了很長的時間才承認自己工作不行。在學時每個科目她都拿下八成的成績。而當中兩成的失分，其中一成是因為知識不足，一成是因為疏忽。雖然念的不是頂尖的好班，但她考上一所好大學，擠進一家好公司上班。然而，她那一成的疏忽總是改不掉，以致工作表現不佳。

「現在還是研習，所以沒關係，不過從事實際業務時，要多小心哦。」

剛畢業參加研習時，曾被點出的疏忽問題，後來神奈子仍一犯再犯。

換工作有兩種。一種是往上爬，一種是往

下走。

神奈子是屬於後者。第二家公司是照明機器製造商，待得最久，一共四年。當時她被指派負責一位大客戶，結果馬上犯下了無法挽回的疏失，她不懂該如何為此負責，最後只好請辭。接下來進了一家飲水機公司，連一年都待不到。

而現在是第四家公司。可能是來到新環境覺得緊張吧，她進這家公司已半年多，但一直都睡不好，躺在床上總是很快就醒來。

「啥？又來了？」

辦公室角落傳來刻意扯開嗓門說話的聲音。

「請別開玩笑，這怎麼可能通過。」

起爭執的是會計真北先生和課長。他們平均一週總會吵上一次，不過原因往往都出在課長身上。他總會累積一大堆收據和交通費核算單，就算提交，往往也會搞錯登記欄或金額。

綽號出包課長。

雖然會出包，給周遭人添麻煩，但他依舊能穩坐課長的位子，因為他的業績遙遙領先眾人。才在想，有好一陣子沒看到他人影，緊接著他就和大客戶簽好合約回來了。雖然相關的手續疏失連連，但他就是能確保業績。

電話鈴響。負責轉接電話是新人神奈子的工作。直到現在，她平均接十次電話就會有一次聽錯人名，這算是她不太擅長的領域。電話打來是找課長的。雖然有不祥的預感，但神奈子還是將電話轉給正在和真北先生爭執的課長。

「哇，我竟然做出這種事！歹勢……不，真的很對不起。」

課長才剛接起電話，隔了幾秒，便不斷地道歉，課內的部下全都以冰冷的視線望著他。

「呵呵呵。」

望著慌亂的課長，不知為何，一股笑意湧上神奈子嘴角。坐在隔壁的岡田朝露出這種神情的神奈子瞄了一眼，高傲地嘆了口氣。神奈子覺得尷尬就把頭低下，這時她發現地上掉了一張黃紙。她沒多想地撿起，這才發現那是張便條紙。

——機票費核算單。

一看到這行文字，她馬上冷汗狂飆。又出包了！我根本沒空笑課長。上個月出差，兩人份的機票，往返共八萬日圓……

上個月經費核算的截止日早過了。

「課長，我……」

一萬日圓以上的經費在申請時，需要課長同意。這八萬日圓，她沒辦法自掏腰包解決。她鼓起勇氣，告知自己忘了申請機票的經費。

「哦，沒關係，我會連同剛才的收據一起提出。」

課長二話不說就攬下了。

「可是……」

神奈子遲遲無法將文件遞出，課長直接一把將收據搶過來，向她說道「沒關係的」，當場用印蓋章，起身離席。

神奈子望著抬頭挺胸走向會計課的課長背影，發現自己心頭突然湧現一股暖意。這絕不是萌生愛意，也不是親近感或憧憬。或許是一種用言語難以形容的情感。

不過，看來今天可以什麼都不想，好好睡上一覺了。

以傳送的圖片製作「不存在的書」

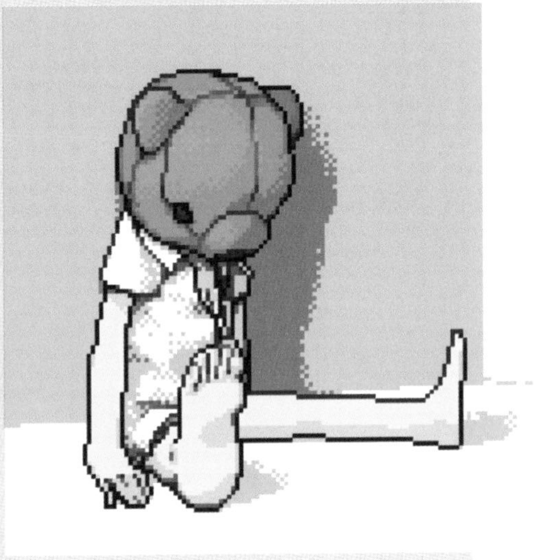

圖片提供者　@base_on_moon

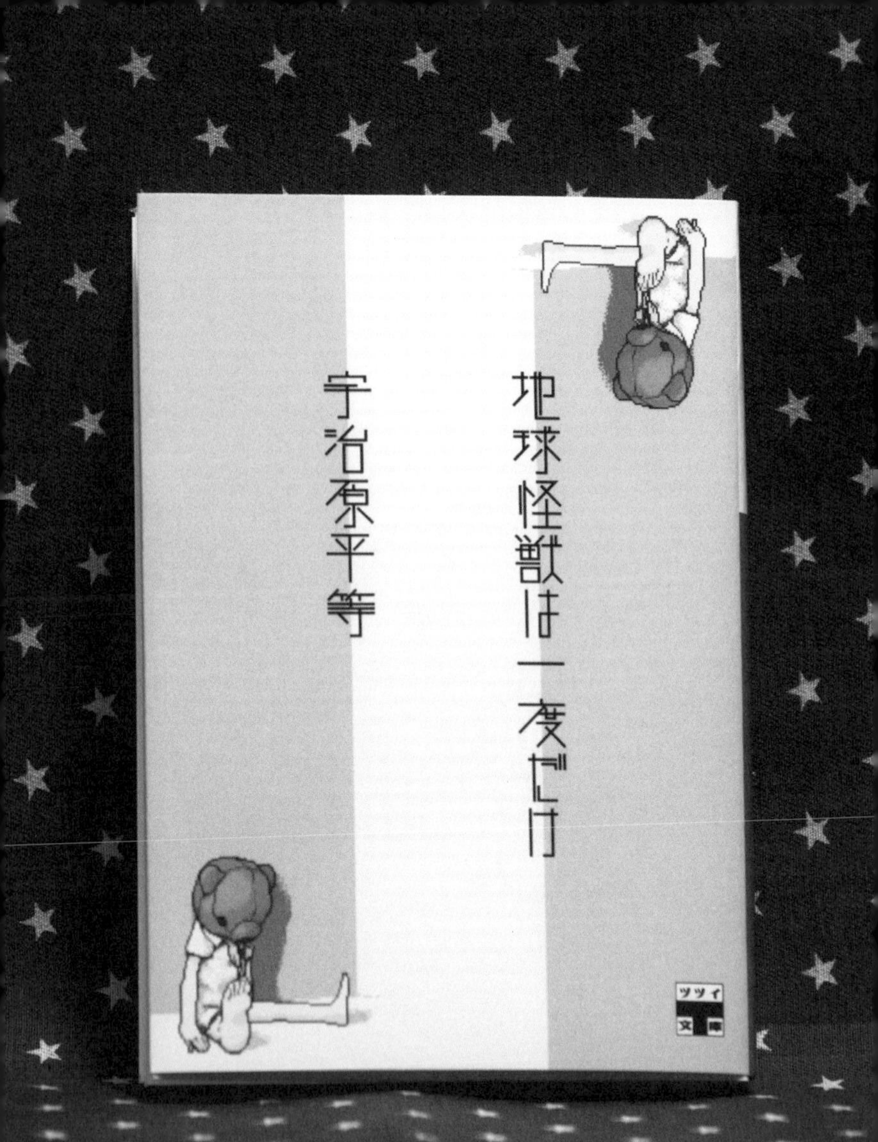

宇治原　平等　**Byoudou Ujihara**

1991年出生於高知縣。素以多產聞名，單行本、文庫本、新書加起來，擁有一年發行十二部作品的紀錄。風格也很多樣，像科幻小說、推理小說、驚悚小說等領域的小說要素，也都多少會加入每一部作品中。妻子是作家紫亞真希貓。當初他以來賓的身分在紫亞所屬的團體DNB主辦的談話性活動中登場，兩人就此結緣踏上紅毯。

火曜日の昼過ぎに、校庭に現れた大きな影。窓に駆け寄る生徒たちに鬼教師の怒号が飛ぶ。「授業中だぞ！」それが合図だったかのように、飛び出したのは熊頭の女生徒・秋本亜希菜。「ずっとこの瞬間を待っていた！」この日この時間に現れる怪獣に対応すべく準備を重ねていた亜希菜たち五人。しかし、奮闘虚しく怪獣に蹂躙され倒れていく……。頼むから、チャンスをもう一度だけ。

9A76549999000

12B4560005009

定価：本体714円（税別）

https://twitter.com/nonebook

FICT ¥714E

ツツイ文庫

星期二下午，操場上出現一個巨大黑影。學生們紛紛跑向窗邊，魔鬼老師向他們怒吼道：「現在還在上課耶！」這聲怒吼就像是信號般，緊接著衝出一名頂著熊頭的女學生——秋本亞希菜。「我一直在等這一刻！」為了對付在這天的此刻出現的怪獸，亞希菜等五人做好了萬全的準備。然而，他們的奮鬥卻化為泡影，慘遭怪獸蹂躪……拜託，請再給一次機會。

地球怪獸只有一次機會

宇治原平等

——離怪獸來襲，還剩〇天〇小時一分三十二秒。

「我一直在等這一刻！」

我知道怪獸會在今天的這個瞬間出現，因為這已經是第五次狹路相逢。那傢伙已多次讓我吃盡苦頭。當時的記憶浮現在我腦海，就只看到怪獸那藍綠夾雜的粗糙皮膚，然後就命喪牠手中。

這樣的情況一再反覆上演，如今終於能在萬全的狀態下迎接這一刻的到來。這次一定能贏。

因為第一次湊齊了五名同伴。

我會戴上太田為我們準備的熊布偶頭套，衝向怪獸面前。在第三次的戰鬥中，我們得知怪獸會讀取我們的想法。這顆熊頭內側貼了鋁箔紙，具有防止被盜取想法的功效。

紅色熊頭是隊長橋本秋市，三十五歲。

藍色熊頭是全隊的智囊，太田武藏。三十四歲。

粉紅色熊頭是大家的媽媽，秋城竹子。四十七歲。

黃色熊頭是隨時都會為大家製造歡樂氣氛的佐佐木笹秋，二十一歲。

綠色熊頭是我，秋本亞希菜，十七歲。

我們並不是什麼游擊隊員，而是想要守護地球的一群同伴。我們各自擁有別人無法理解的能力，卻一直都派不上用場。

這隻怪獸以雙腳行走，和十層樓高的大樓差不多大。比電視上看到的怪獸還小，所以一開始有點小看牠。因為看起來不覺得牠承受得了戰車的砲擊或是戰鬥機的轟炸。

「妳快往後退。」

笹秋擔心我的安危，出聲叫喚。他把我當小孩子看待，令我有點不滿，但這也是沒辦法的事。因為我擁有的能力不適合戰鬥，所以在這種場面下派不上用場。

「要上嘍。」

橋本為大家打氣。其實他比誰都膽小，卻站在最前頭。

因為一次出現五個無法讀取想法的生物，怪獸把臉湊過來，想觀察我們。

「眼睛閉上。」隊長的雙手迸射出強光。

隊長的能力，閃光。只要運用「從手掌發出光芒的能力」，使出全力，就能用來欺敵。

雖然他總是說「這能力只有在晚上找手機的時候用得上」，但如果沒有這項能力，我們連要靠近怪獸都做不到，馬上便會全軍覆沒。
「竹姊！」在太田發出的信號下，粉紅色熊頭撲向怪獸。竹子的能力是冷卻。話雖如此，她不像漫畫那樣，能將物體冰凍，只能「讓碰觸的物體溫度降低十度左右」。竹子常笑著說「這能讓鮮肉和生魚片保鮮，相當方便」，真希望她能繼續享受這樣的生活樂趣。
怪獸只要體溫下降，動作就會變得遲鈍，這是上次的戰鬥中偶然發現的弱點。看到怪獸破壞冷凍倉庫時，模樣變得有點古怪，我們才發現的。
「隊長！」
因為笹秋的這聲叫喚，我才發現情況有異。橋本和太田被怪獸抓住了。拜竹子的能力之賜，怪獸的動作變得遲鈍，但牠畢竟是比人類大上數倍的對手。儘管動作緩慢，還是威脅性十足。被抓住的橋本，在怪獸手中死命地掙扎。
他把手對準怪獸的臉，想再次使出閃光，但光芒微弱。只要他使出全力一次，就得休息十幾分鐘才能恢復。依據作戰策略，他會先離開現場，等候能力恢復。
橋本為了這天特地辭去工作。他的妻子似乎因為這樣離家出走。丈夫突然辭去工作，說要「和怪獸戰鬥」，妻子離家出走也是理所當然。
儘管如此，橋本是為了地球而選擇與我們一起奮戰，我們都很尊敬他。

但不管背負著怎樣的想法，都和怪獸無關。

「啊啊啊啊啊啊啊啊啊啊！」

橋本他們的慘叫聲與笹秋的吶喊聲交雜在一起，在戰場上響起。雖然是看過很多次的光景，但每次看都還是無法習慣。

笹秋順著怪獸的背後往上衝，發動他的能力。這是「與和自己體重同樣質量的物質交換位置的能力」，在這處戰場上，準備了好幾根和笹秋一樣重的木樁。

出現在怪獸頭上的木樁，順著重力直直落下，但沒能對牠堅硬的外皮傷及分毫。這場作戰，是在搭配了太田的「將物體軟化的能力」才開始發揮效果。

又失敗了。只能重新來過了。這點別人無法辦到，只有我能做到。

「我們再次轉世重生，再一起戰鬥吧。」

笹秋哭著這樣說道。真的很高興，光是能像這樣重逢，就已經是奇蹟，但如果可以，希望在下次的迴圈還能再見面。

有一件事我沒告訴他。以我的能力產生的迴圈並不完美。大致上都一樣，但每次在一些細部上都會有不同的發展。如果不是這樣，就不可能戰勝怪獸。

和笹秋一起戰鬥，在五次的經歷中只出現過兩次，分別是第三次的迴圈和這次的迴圈。上一次遇見他時，我五十六歲，笹秋十二歲。

迴圈&迴圈。我的能力，「以自己的生命交換，只能重來一次」。

不過，開始的起點是地球誕生的那一瞬間。

好了，再戰一場吧。

——離怪獸來襲，還剩四十六億年又三百二十六天。

以傳送的圖片製作「不存在的書」

圖片提供者 @uekazu_k

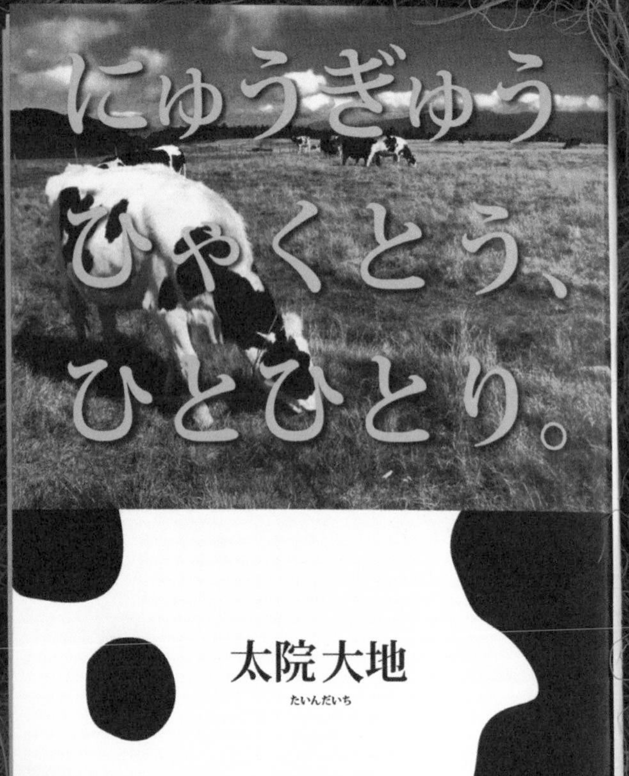

騷動館
文庫

太院　大地　Daichi Tain

1970年出生於沖繩縣，住在北海道中札內村。以時常搬家聞名，人稱「日本最難聯絡的作家」。甚至有軼聞傳出，當出版社接獲他搬家的通知時，他已經準備好要搬往下個住處，最高紀錄是一年搬家七次。他每次搬家都是往北遷，所以與他熟識的同業或書迷，以櫻前線（※預測日本各地櫻花開花日期的等值線。櫻花一月時會從南方的沖繩縣開始開花，然後慢慢一路往北，大概等到四月下旬才在北海道開花。）的含意替他取了「櫻」的綽號。

9A76549999000

12B4560005009

定価：本体714円（税別）

https://twitter.com/nonebook

FICT ¥714E

招待状を受け取った十三人の男女。「最後のひとりになるまで、殺し合いをしていただきます」借金を背負う崖っぷちの会社員・河野浩は支給される武器の欄を見て頭を抱えた。『乳牛100頭※土地付き』ゲーム当日、意識をとりもどすと広大な土地にひとりきり。対戦相手たちの姿も見えない。何はともあれ、ゲームに勝つには生き抜かなければならない。この牛たちと共に。解説・桜望梅。

ほ 10 10

十三名男女收到了邀請函。「我們要你們互相殘殺，直到只剩最後一人為止。」背負債務，走投無路的上班族河野浩，望著持有武器的欄位，雙手抱頭，不知如何是好。「乳牛100頭※附土地」這個遊戲開始的這天，當他恢復意識時，只有他獨自一人在一片廣大的土地上，看不到對戰對手的身影。不管怎樣，想要在這個遊戲勝出，就得活命。要和這群乳牛一起活下去。　解說．櫻望梅。

一百頭乳牛，一個人。

太院大地

遊戲開始至今已過了三個禮拜。

季節已由夏末轉為初秋，黎明時的寒意漸增。再這樣下去，比起互相殘殺，恐怕會早一步先被寒冷打敗。

要在那座小屋裡過冬，應該會很吃力。雖然不清楚這塊土地會不會下雪，但如果會，就得思考對策。

對了，這些牛會怎樣。感覺牠們是在北海道之類的寒帶生長，應該很耐寒才對。等回到小屋後，再翻閱手冊確認一下吧。河野望著牛隻，心不在焉地想著。

「河野先生，我餵好牛了。」

岬一早餵完牛，從牛舍走出。

她綁著辮子馬尾，搭著一件吊帶褲。當初邂逅時，頂著一頭金髮鮑伯頭，披著皮夾克的岬，歷經這半年的生活，現在已完全成了一名農場女孩。

「好，那我們來吃飯吧。」

河野返回小屋用餐。雖然現在兩人圍著餐桌坐在一起，但他們原本都想殺了彼此。

事情的開端，是一封奇妙的邀請函。

「恭喜您獲得遊戲的參賽權。」

河野一開始還當這是在開玩笑，是詐欺。他曾在電影或漫畫上看過類似的情形，所以這也許是模仿詐欺的整人企劃。不過，他想不出有哪個朋友會這樣設局整他。稱得上朋友的人，全都與他斷絕了往來。

原因是欠債。而他之所以會想參加這麼荒唐的遊戲，也是因為欠債。想要還清債務，重新過正常人的生活，不管再怎麼荒唐的提議，他也只能緊抓不放。

岬也是這個遊戲的參賽者。自從一個星期前闖進這座牧場後，不知為何，便開始和他一起生活。

當然了，岬也持有武器。她得到的是上頭裝設了刀刃的殺人溜溜球。自從試過一次把腳劃傷，便沒再使用的樣子。

河野當然也得到了武器。在一名自稱是帶路人的男子邀約下，他坐上一輛黑色的高級轎車，之後馬上失去意識，待他醒來時，身旁只有一張便條紙。上面寫著河野的武器。

——乳牛一百頭　※附土地

這讓他傷透腦筋，因為可不是在開玩笑的。河野醒來的地方，是一處真的飼養了一百頭乳牛的牧場。

和便條紙一同留在原地的規則手冊，上頭寫著這個遊戲的勝利條件。那就是十三名參賽者，最後只能剩下一人。也就是說，要他們互相殘殺。

「用乳牛要怎麼戰鬥啊……」

那離譜的內容讓他看了為之茫然。不知道敵人何時會來襲，他就這樣繃緊神經過了半天。後來什麼事也沒發生，他就此解除緊繃的神經時，感到一陣強烈的飢餓感。如果條件是要存活下去，那就只能想辦法活命了。

幸好眼下的狀態有食物可吃，而且也有地方住。

他完全沒有酪農方面的知識。小屋的層架上有手冊，他照著上面的指示行事，勉強挺了過來，但光靠他一個人已達到極限。正當他雙手抱頭，不知如何是好時，兩個禮拜來都沒吃什麼東西，勉強活下來的岬，流落到了這處農場。

自稱是農業高工畢業的岬加入後，生活有了戲劇性的改善。「不過，我念的是森林科哦？」雖然岬沒什麼自信地這樣說道，但還是比河野這位門外漢更有戰力。經過一週的奮鬥，終於能保有稍微像樣的生活了。而今天岬同樣在忙著照顧牛隻，就這樣結束了一天。

正當他這麼想的時候，傳來岬的大叫。

「喂！你來看一下！」

河野望向她手指的方向，只見地平線的遠方，有名一頭白髮的男子背對著夕陽緩步走來。男子明明已經處在瀕臨極限的狀況下，卻還是像化妝一樣，在臉上加了裝飾，他的左眼周圍出現裂痕。

「他怎麼看都像是敵人。」

「應該是敵人吧。」

男子持有的是一把火焰放射器吉他，不知道是怎樣的結構，只要一撥琴弦，吉他的握把處就會噴火。

「真帥！」

岬眼中散發光芒，一派悠閒。

「要是被它噴出的火焰燒到，想必很難受。」

如果男子是這個遊戲的參賽者，而火焰放射器是他分配到的武器，河野他們就會遭受這項武器的攻擊。

當他來到說話聽得見的距離時，岬大聲喊道。

「我聽到你的新曲子了！」

「妳、妳在說什麼啊。」

「我只是在想，他可能是視覺系樂團的人，如果他誤以為我們是他的歌迷，或許就不會攻擊我們……」

「妳是笨蛋啊？」

雖是無厘頭的舉動，但似乎就此讓對方明白他們沒有敵意，之前像在威嚇般，不斷噴火的火焰放射器，也停止了動作。

朝他們走近的男子，以虛弱無力的聲音說道：

「拜託，請分一點食物給我……」

他憔悴的面容，在在顯示他已經快要撐不下去。

「也是啦，這也難怪。」

岬與河野互望了一眼。

「又多了一個人力。」

河野笑著說，剛好我們正因為修繕小屋的事，很需要壯丁幫忙。

——遊戲開始至今二十七天。還剩下六人。

以傳送的圖片製作「不存在的書」

圖片提供者　@Pt84khorazm

ベストシーズンライクアドリーム
常秋夏短
Natsumi Josyu
The best season like a dream
丸山文庫

常秋　夏短　Natsumi Josyu

1970年出生於兵庫縣，大阪區立大學畢業。在學期間隸屬於大大推理小說大研究會，日後和當時的成員一起成立創作團體「DNB」。創作風格多樣，推理小說、青春小說、喜劇皆有，在各種領域皆有死忠書迷。

FICT ￥714E
https://twitter.com/nonebook
9A76549999000
12B4560005009
定価：本体714円（税別）
丸山書店
「逃げた蟹を捕まえて」「木魚に落書きした者に天罰をくだそう」「娘のおさげが盗まれた」「万引き犯が落とした財布を返してあげたい」「母親の整形がばれないように知恵を貸してくれ」商店街唯一の若手・緑川創の元に舞い込むのは少し変な依頼ばかり。家業の合間に解決していく創は、商店街の異変に巻き込まれる。七つの店に飾られていたはずの大黒天の像がひとつ残らずなくなっていたのだ。異変の裏には、かつてこの町に住んでいた探偵の影が……？　愛する土地の変容に若者はどう立ち向かう。青春スラップスティックミステリ開幕！

「幫我抓逃走的螃蟹」、「要讓在木魚上塗鴉的人遭報應」、「偷東西的人掉了錢包，我想還他」、「請幫我出點子，看怎樣不會讓我媽整型的事穿幫」。商店街裡唯一的年輕人綠川創，總是接到一些奇怪的委託案件。而趁著家中工作空檔逐一解決這些問題的創，被捲入商店街裡的怪事中。原本理應擺在七家店內當裝飾的大黑天像，突然全部憑空消失，一個不剩。這起怪事背後，暗藏著一位曾經住在這個市街的偵探影子……面對這塊心愛的土地產生的改變，這位年輕人要如何面對？一部青春鬧劇推理小說就此展開！

Best Season Like A Dream 常秋夏短

「喂，第二代，你在幹什麼啊？」

走在商店街時，遼平對著我叫。

「是第四代。」

我家的豆腐店是我曾祖父創立，如果我繼承家業，就成了第四代。而家中開洗衣店的遼平，在這條滿是大叔的商店街裡，是唯一和我同年齡層的人。他雖已年過三十，但還是住在家裡，每當店裡生意空閒時，就常會像這樣，大白天在街上閒逛。

「剛才我在沙拉亭吃午餐，結果住持一看到我就跟我說，大黑天*被偷走了。」

「住持有沒有跟你說，有人在木魚上面塗鴉？」

「犯人是理髮店裡的小鬼。ＬＢＧ*裡的紀錄成為證據，我讓他和父母一起登門道歉，就此解決那起案件。」

「不愧是第二代。」

「是第四代。」

我很不喜歡早起，所以如果可以，實在不想生在豆腐店。我想做的是能一路睡到中午的工作。例如便利屋*，或是偵探。

聽說在我出生前，這條商店街上好像曾經有一位偵探。

那位偵探在沙拉亭二樓開設事務所，現在那裡好像仍空著。一直忘不了那位偵探的遼平，總是擅自叫我第二代。第二代偵探。但我並不想繼承這項工作。

「在沙拉亭聚會的大叔們，不是都會在店門前擺出大黑天當裝飾嗎？那個大黑天不見了。住持就是來找我商量這件事。」

「那東西不是很重嗎？」

遭竊的有定食店、洗衣店、電器行、舊書店、眼鏡行、蔬果店，以及豆腐店。木雕的大黑天，有相當於三顆保齡球那樣的大小和重量，不是那麼輕易說搬就搬。

「亮人先生在離開這個市街時，留下大黑天，說它可以守護大家。」

昔日住在這裡的偵探，名叫秋久亮人。

「七個都是大黑天嗎？」

光是要湊齊七個，想必就已經很不容易了。

「既然一共是七個，就以七福神來湊齊這個數不就好了嗎？」

遺留下來的大黑天，分別擺在各個店頭當裝飾。豆腐店、電器行、舊書店擺在入口大門旁，洗衣店擺在店內的櫃檯上，眼鏡行和蔬果店擺在店頭，沙拉亭擺在屋簷上。

除了洗衣店外，其他家都是擺在屋外，任其風吹雨淋。雖然沒因此老舊變質，但這也不是什麼值得偷的東西。

遼平說他到晚上之前都有空，於是我和他一起查看過每一處現場，並拍下照片。

「最近的年輕人什麼都要拍照。」

遼平自己也很年輕。至少在這條商店街裡算年輕。

「我向來不仰賴記憶。」

重要的事物會逐漸消失。能相信的只有紀錄。

雖然花了時間在商店街裡四處查訪，但仍一無所獲。如同證詞所說，所有大黑天全都憑空消失，而且店主們個個心裡都沒底。

事件到了隔天才有進展。

大黑天回來了。接獲通知後，向其他店家確認，我得知大黑天似乎都回到原位了，但並非全部。只有我家以外的那六個大黑天。如果它回到豆腐店的店門前，我那比任何人都還要早起的老爸，應該老早就會發現才對。

「為什麼只有我家的大黑天沒回來？」

第二代偵探展開思考。為了確認我想出的答案，我找遼平出來。

「怎麼啦？」

他就像在向我挑釁般，沒解開門鎖。我們約見面的地點，是沙拉亭二樓。以前那位偵探住的房間。

「就是這麼一回事對吧。」

在空蕩蕩的房間裡，有一個被剖成兩半的大黑天。木雕的大黑天裡頭是空洞，可能藏了什麼重要的東西。

「要偷走大黑天，有一處是困難的場所，和一處是不可能的場所。」

所謂困難的場所，是沙拉亭。就算準備了工作梯，要抱著擺在屋簷上的沉重大黑天走下梯子，還是很危險。而且就算是半夜，帶著工作梯這麼醒目的東西在路上走，就像是在昭告世人自己是小偷一樣。

既然這樣，從二樓的窗戶出去，將它拖進屋內，這樣還比較簡單。

「照這個空洞來看，我們這位偵探將某個重要的東西藏在這七個大黑天的其中一個裡面，然後離開這個市街。而現在他需要這個東西，所以前來加以回收。」

到底是放在哪個大黑天裡面，連他本人也不清楚。所以才一次全部回收，看出是哪一個之後，將它剖開，取出裡頭的東西。

「因為已經剖開，所以就算想放回去，也還是缺了一個。之所以只有我家少了這個大黑天，是因為要物歸原位的過程中，會有和我老爸撞個正著的危險性。」

「原來如此，但你為什麼要告訴我這件事？」遼平笑著說道。

「話說回來，應該只有洗衣店不會失竊才對。」

因為只有洗衣店是擺在店內。如果想偷，必須入侵店內。既然這樣，有個更簡單的方法。只要拜託店裡的人就行了。如果是一位崇拜偵探的人物，當然會一口答應。

「亮人先生回來了。」

遼平眼中散發光輝。看到他那張側臉，頓時感覺有個粗糙的東西朝我胸口摸了一把。

後來我才知道，大黑天不是一般的福神，而是掌管破壞與戰鬥之神。

現在回想，那年的秋天宛如一場噩夢。

＊大黑天是七福神之一。

＊Location-based game，基於地理位置的遊戲，是利用ＧＰＳ全球定位系統將真實社會中的位置、距離、移動、場景與手機遊戲相結合的一種新型手機遊戲。

＊舉凡打雜、跑腿，各種交代的工作都能承接的服務業者。

以傳送的圖片製作「不存在的書」

圖片提供者　@mur_652

玉造高校
巨獸配膳部
氷見原郎堂
七色文庫カラフル

冰見原　郎堂　Roudou Himihara

1982年出生於高知縣。以《羊毛男的海水浴》獲得七色新人賞，就此出道。素以作品少聞名，據說他「如果前一部作品的版稅沒花完，就不會著手寫下一部作品」。事實上，自從《飛天綿羊》拍成電影，大為賣座後，他有整整八年都沒推出新作品。因此，書迷中也有傳出「希望他別再寫出暢銷作品」的聲音。弟弟是作家宇治原平等。

奈良県にある玉造高校には、珍しい部活がある。「巨獣配膳部」。裏の山に住む巨獣に餌を与えることを主な目的として活動している。進学と同時に引っ越してきた夏村涼美は初めてできた友人・小春の勧めで入部するが、大マトン、猛羊蹄、ラムロングロングテールなど、全長十メートル以上もある巨獣たちの世話はいつも命がけ。日々の交流を通して絆を感じ始めた涼美だったが、山の主に異変が起きて……。

9A76549999000

12B4560005009

定価：本体714円（税別）

https://twitter.com/nonebook

FICT ¥714E

位於奈良的玉造高中，有個罕見的社團——「巨獸送餐社」。他們主要的活動目的，就是餵食住在後山的巨獸。一上高中便舉家搬來這裡的夏村涼美，在第一個認識的朋友小春的推薦下，加入這個社團，但在照顧大羊肉、猛羊蹄、長羊尾等全長十幾公尺的巨獸時，總是得豁出性命。透過每天的交流，涼美開始感受到彼此的情誼，但這時山之主卻起了變化……

玉造高中巨獸送餐社

冰見原郎堂

「我叫夏村涼美。在念幼稚園之前，原本都住在這裡，但後來搬家，最近因為父母的緣故，又回到了這裡。」

在之前住的地區，只要這樣說，大家就知道是因為父母離婚，所以才搬回老家，但在這裡則不然。不過，這樣的粗枝大葉對現在的我來說，再好不過了。

我上高中後第一位結識的朋友叫小春，是位身材嬌小的可愛女孩。她擁有許多我沒有的特質，感覺無比耀眼，讓我羨慕。

小春帶著我去參觀社團活動時，我遭遇了命運的邂逅。

「這什麼啊，好可愛！」

出現在高中後山裡的，是一隻巨大的綿羊，足足有小學時在動物園看到的兩倍大。小春說，這是一種叫「大羊肉」的品種。可能是悉心照顧的緣故，牠身上的毛就像蒲公英的絨毛般蓬鬆。

「牠還只是個孩子。要說牠是巨獸，還嫌太小。」

出現在我背後的，是運動服外穿著吊帶工作褲的男學生，聽說他是這裡的社長。他手裡握著水桶和農用鐵叉。

「巨獸？」我偏著頭感到納悶，小春馬上在一旁補充說明：「涼美才剛搬來這裡。」看來，這地區的人們都知道這件事，並視為理所當然。

一頭蓬鬆亂髮、眼睛細長的社長，望著大羊肉的孩子，眼睛瞇得更細了。

「牠的父母跟大象一樣大，所以這孩子還會長得更大。」他那笑容滿面的模樣，像極了山羊。

羊毛蓬鬆的大羊肉令我深感著迷，於是我馬上決定要加入這個社團。這社團叫作「巨獸送餐社」。照顧棲息在學校後山的動物們，就是社團的活動內容。

「我決定好社團了。」當我告訴小春我的決定時，她一臉驚訝地說：「咦，真的假的？」不過，小春原本只是想讓我見識一下這個地區的罕見之物，她自己完全沒有要入社的打算。放學後，我前去找社長，他也以同樣的反應回了一句：「咦，真的假的？」

「總之，妳試著做一天就會明白。」

我很快便明白這句話的含意。

「你每天都自己一個人忙這些事？」

我氣喘吁吁，連要說話都有困難。巨獸基本上都是放養，不會離開這個山區，但不知道牠們會在哪裡出沒。光是要搬運牠們巨大的身體夠吃的食物，就已是很吃力的工作。而且還需要推著手推車來回好幾趟。用鐵鍬回收大小跟鴕鳥蛋一般大的糞便，也是社員的工作。

「在去年冬天之前，原本有位叫健介的社員。」

就算是這樣，也才兩個人。

「有一隻叫猛羊蹄的巨獸，外觀看起來像大樹，但牠很好動，而且有時會撒野。健介很不走運。雖然他也都很小心，但還是左腳骨折了。」

說到這裡，社長臉色一沉。

「猛羊蹄被動物機構收容，而健介最後雖然出院，卻再也沒回學校來了。」

我無法想像他同時失去朋友和巨獸的哀傷，也無法出言安慰。

「社長，為什麼只剩你一個人，你也還是繼續做呢？」

「因為我喜歡牠們。」

他那凝望巨獸們的側臉，真的很像山羊。

「這原本是市政府在管理，但傳出浪費預算的批評聲浪，所以我們這所高中原本只是以做志工的方式幫忙，後來改以社團活動的方式投入這項工作，那已是五年前的事了。因為這樣，要是連我都放棄了，這些巨獸將無處可去。」

這樣太奇怪了。

「我要加入社團！」

我才剛來這裡，而且對這個小鎮還沒產生感情，如果只是覺得那蓬鬆的大羊肉很可愛，也沒必要加入社團。不過，我覺得不能讓他自己一個人孤軍奮戰。

暑假期間，我開始照顧巨獸們，儘管我都沒忘記擦防曬乳液，但還是曬得跟木炭一樣黑。如果和國中時代的朋友見面，她們可能不會馬上認出是我。我轉學來這裡後，那些馬上主動找我聊天的男生，現在都不太靠近我了。

山裡出現變化，是第二學期開始後沒多久的事。

「也許是山之主醒來了。」

感覺到山林在搖晃後，社長語帶不安地說道。

「自從猛羊蹄不在後，感覺這裡的平衡就此瓦解。最近情況不太對勁。」

巨獸的事，就屬社長最了解。換句話說，已經沒有其他人可以指望。

「我得去見牠才行。」

要登上山之主棲息的山林，只能騎著巨獸前往，但巨獸基本上不會載人。

「等等，我也去。」

如果是和人最親近的大羊肉，應該連我也能騎乘。

「妳沒必要去！」

「可是，總還是得有人做才行吧！」

這鎮上沒人想做。既然這樣，由我這個外地人來做應該也行。

「妳不是這個小鎮上的人。這責任得由我來扛才行。」

明明沒人想負起責任，但社長卻獨自這樣吶喊。這個小鎮就只有社長一個人有這份愛心。

「也算我一份吧！」

我縱聲大喊，喉嚨都快喊破了。我並不是想成為這小鎮的一員，但我希望他能認為我是社團的一員。雖然只有短短幾個月，但我和這些動物們共度過這段時光。

坦白說，其實我想把這一切全都打爛。包括那個山之主、讓社長這麼難過的這個小鎮，還有這個世界。不過，這同時也是社長想守護的事物。

我們就這樣懷抱著撕心裂肺的悲壯，跨上巨獸，出發與山之主會面。

以傳送的圖片製作「不存在的書」

圖片提供者 @study_shinumade

紫亞　麻希貓　Makine Sia

1989年出生於秋田縣。2006年在高中就讀期間，於夕榮社主辦的「漫畫故事冠軍」中，成為第十三代冠軍，就此大放異彩，同年以單行本《宇宙監督》（作畫：大鳥居淳）在雜誌上出道。隔年高中畢業的同時，開始連載《行星迪斯可》（作畫：岩下志願），2016年結束連載。目前與漫畫原作並行，也開始寫小說，持續精力充沛地投入活動中。

9A76549999000

12B4560005009

定価：本体714円（税別）
https://twitter.com/nonebook
FICT ￥714E

「明日は銀婚式なのよ」公園で出会った老夫婦は笑っていた。「二十年前に喧嘩した友達と和解したんだよ」居酒屋で酔った上司が嬉しそうに話していた。「昨夜傑作を観たんだ」映画マニアの親友は電話越しに熱っぽく語った。それ単体では何気ない日常の思い出。——だが彼らは皆、その翌日失踪している。果たして異変の兆候はあったのか？　手がかりはあれど謎解きはない、異色の短編集。

「明天是我們的銀婚紀念哦。」在公園遇見的老夫婦笑著說道。「我和二十年前吵架鬧翻的朋友和好了。」在居酒屋喝醉酒的上司，一臉開心地說。「昨晚我看了一部傑作。」身為電影迷的好友隔著電話激動地說個沒完。如果以個案來看，這是很稀鬆平常的平日回憶——但他們全都在隔天失蹤。這會是有異象要出現的徵兆嗎？雖然有線索，卻解不開謎團，一部與眾不同的短篇集。

失蹤前夜

紫亞麻希貓

「我看了一部傑作。」

他打電話來的時間，已經過了半夜十二點。深夜的搞笑節目結束，開始重播我不感興趣的連續劇，我正準備泡澡，然後上床睡覺。

「喂，什麼事？」

三更半夜打電話來的，是我國中同學宮崎旬。我們原本只是偶爾會聊天，一起團體出遊過幾次的朋友，但來東京工作後，在偶然的機會下重逢，說來也真不可思議，我們開始很談得來，平均三個月會互相聯絡一次。

「那部電影真的很棒。」

他說話還是一樣難懂，不過今天一直都是他單方面說個沒完。他的口吻平靜，但可能有點興奮吧。過去也有過幾次類似的情形。他一看到好看的電影，就打電話或是傳訊息來跟我說。不過，向來都是在合理的時間與我聯絡。

「你看了什麼電影？」

我和旬不一樣，我並非電影迷。一年也會上電影院幾次，有一段時間也很常跑錄影帶出租店，所以和一般人相比，我算看過不少電影，但還是稱不上電影愛好者，倒不如說，我一直不敢以此自居。

雖然我對電影只擁有這種不太專業的知識，但旬說，只要電影的話題談得來，就是他的夥伴。

「妳看電影時，可曾意識到鏡頭的存在？」

他突然談起了電影論。如果是平時，他會更仔細地加以說明。

「如果會，表示那是一部爛片。真正的傑作，完全不會讓人意識到鏡頭的存在。」

看傑出的動作片時，會彷彿現場實際發生般，有一種臨場感。

「也就是說，攝影機一直都在。只是我們沒發現而已。」

「啥？什麼意思啊？」

「在空無一人的森林裡，就算有樹木倒落，也只有攝影機會加以拍攝。」

突然偏離了話題。原本不是在談電影嗎？

「妳認為傑作的條件是什麼？」

突然拋來這樣的問題，我哪知道啊。

「就是可以改變人們。」

「電影是嗎？」

「在看電影前和看電影後，人生起了決定性的改變。」

我倒不認為只有這麼沉重的電影才算是傑作。應該也有不少能單純讓人樂在其中的娛樂片傑作才對，我就喜歡這種電影。

然而，既然身為電影愛好者的旬這麼說，或許真是如此吧。

「人生時時都在變化……」

突然又聊起了人生。想必他是看了內容很深奧的電影。

「一切將就此展開。不，是已經開始了。攝影機已經架好。」

這是他最後說的一句話，通話就此中斷。我覺得很奇怪，但沒回撥。因為我覺得和旬談話有點可怕。不過，當時我要是回撥給他的話，或許會有不同的結果。

隔天，旬失蹤了。

旬的父母好像還上徵信社花錢請他們尋人，但一直都沒他的消息。我也四處尋找旬所說的傑作，但怎麼也找不到。是否真有這麼一部電影，現在連我自己也搞不清楚了。

我與旬之間的回憶，向來都與電影有關。

國中時，我們男生女生七人一起去看電影，旬是當時的成員之一。那是一部科幻大片，老實說，我不太喜歡，但和我感情不錯的萌子，因為喜歡旬的朋友牧也，所以大家才會一起去看電影。

長大成人後，與旬重逢時，我們聊到的話題之一，就是那部電影。剛好暌違十五年後，又有新作上映，而且新聞上也提到它的系列作品將會再度開拍。

他向我邀約道，難得有這個機會，我們一起去看吧。我們就這樣一同上電影院。

長大成人後，看電影的機會也增加了，所以比當時更能理解故事的內容，但是否比當時更能樂在其中，我不確定。

旬說，等續集上映後，我們再一起來看，但他最後終究沒能履行承諾。

以傳送的圖片製作「不存在的書」

圖片提供者　@staygoldsanku

潮流社文庫

伊塔　東太郎　Toutaro Ito

福井縣出身。本名山田定男。以投稿江本哲史賞的《貓之骨、海之底》出道。當初原本計畫要以年齡、性別、經歷全部不詳的蒙面作家身分展開活動，但出道作出版後，伊塔一時得意忘形，主動開始逛起每家書店，所以他的計畫就此逐漸崩毀。他還在紫亞真希貓、木佐天仁等人共同主辦的談話活動中亂入，被交代要將他列入黑名單。

9A76549999000
12B4560005009
定価：本体714円（税別）
https://twitter.com/nonebook
FICT ¥714E
三葉虫を見た感想は？　まずい鍋を食べた？　キリンと手を繋いだこと覚えてる？　最後にセミの声を聞いたのはいつ？　つらい感情を消すかわりにひとつ『どうでもいい思い出』を奪う男・北上の元に現れたのは記憶が存在しない少女・瓶。記憶よりテディベアが欲しいという瓶を連れてデパートへ向かった北上だったが、帰り道を思い出せないことに気づき……。

看到三葉蟲的感想是什麼？吃過難吃的火鍋嗎？記得曾經和長頸鹿手牽手嗎？最後一次聽到蟬鳴聲是什麼時候？北上，替人消除痛苦的情感，同時會奪走一個「無關緊要的回憶」的男子。某天，出現在他面前的是一位沒有記憶的少女——瓶。瓶對他說，比起記憶，她更想要泰迪熊，於是北上帶她前往百貨公司，但後來他發現自己想不起回家的路該怎麼走……

蟬鳴聲，最後一次的火鍋

伊塔東太郎

上

擁有類似能力的首飾，好像也出現在某部電影裡。

並不是他看過那部電影，而是出現在他昨天奪來的記憶中。記憶的持有人是一位三十多歲的男子，而他付出的代價是「最後一次看電影的記憶」。

北上亞燐自從十七歲那年遭遇事故後，便具有特殊能力。他能藉由奪走一個記憶，而消除對方現在所抱持的痛苦。

北上本人也不太清楚這是怎樣的機制。由於指尖會傳來觸電的感覺，所以推測應該是與神經和電力有關，不過再進一步就不清楚了。他也不想展開調查。就算明白了原理，微波爐還是一樣只能用來加熱。

他之所以知道有這項能力的存在，是因為他奪走了母親的記憶。

之前遭遇事故住院時，北上昏迷不醒，母親一直緊握他的手。

「只要握住這孩子的手，就覺得很放心。」

周遭人都將它看作是母愛的展現，但其實這是一個超自然的詭異作用所產生的影響。北上在昏迷這段時間，做了一個關於母親的夢。那並不是他和母親之間的回憶。而是從母親年幼時期開始，各種記憶不斷流入他腦中。他這才知道母親是父親再婚的對象，他是父親和前妻生的孩子，和母親沒血緣關係。

醒來後，當他知道那並非只是一場夢時，母親已失去人生一大半的記憶。

已完全無自理能力的母親，現在在父親的看顧下生活。她感覺不到痛苦，臉上總是掛著微笑，看起來很幸福。

他原本認為這是被詛咒的能力，但他並不想將它封印。既然手中握有木棒，就不可能不拿它來揮舞。在使用這能力的過程中，或許能更巧妙地操控它。

中

北上長大成人後，向認識的一家舊書店租下二樓的房間充當事務所。他消除痛苦的能力，在現代的日本相當值錢。他完全沒宣傳，但這十年來，每天都有幾名客人來訪。

「北上先生？」
是客人。一位身穿白色女性罩衫搭長裙，年約四十，氣質出眾的女性，站在門口。
「這孩子麻煩您了。」
她推著一名少女走進屋內。最近客人的年齡層逐漸下降，不少都是對讀書考試感到厭倦的高中生，或是深受霸凌所苦的國中生，有的是父母帶來，有的是攢下壓歲錢自己前來。這次的客人，在他們當中仍算是最年輕的。可能才十二、三歲。雖然看起來神色平靜，但也許連小學也還沒畢業。
「請問……」
待他回過神來，那名女性已消失無蹤。他眼前只剩下這名以求助的眼神望著他的少女。少女手裡握著一只信封。打開信封查看，裡頭放著治療費。
總之，來者是客。北上想先替她消除痛苦，就此伸手抵向她額頭。只要伸手碰觸，不管哪個部位都行，不過摸額頭看起來最像在治療。
「……什麼也沒有。」
他大吃一驚，從沒發生過這種事。這名少女根本沒有記憶。
再怎麼說，好歹也有來到這裡之前的記憶。北上又試著施展了幾次能力，但完全沒反應。
「妳叫什麼名字？」為了得到些線索，他如此詢問。
失憶的少女望著自己掛在脖子上的卡片，念出上面寫的名字。

「瓶。」

原來如此，像空瓶一樣是吧。

下

既然收下了報酬，這項工作就非完成不可。

那名帶瓶前來的女性，就此消失了身影，沒再回來。而那唯一線索的卡片上，只寫著少女的名字和血型。

「妳從哪裡來的……連這個也不記得對吧。好，那麼我問妳，妳想去哪兒？」

他向瓶詢問。既然已決定要暫時和她在一起，最好還是打好關係。

「……我想要玩偶。」

問她想去哪兒，她卻回答她想要什麼。

也許瓶的實際年紀比外表還小。因為她總是露出痛苦的表情，所以看起來比實際年齡還成熟。

「我們去百貨公司吧。」

北上多的是錢，而且也無處花用。兩人坐上計程車，就此前往百貨公司。這裡頭有泰迪熊專賣店。見到這麼棒的店，瓶也顯得很開心。苦思了一個多小時後，她終於決定好要買哪個玩偶。起初瓶想要高達兩公尺的巨大熊布偶，但最後還是選了一個大小適合抱在懷裡的玩偶，北上鬆了口氣。

瓶開心地抱著熊玩偶，這時北上朝她伸出手。

現在應該就能使用能力了。他就是為了這個目的才來百貨公司。現在瓶的腦中應該會有「在百貨公司買了泰迪熊」的記憶。北上伸手抵向瓶的額頭，正準備奪取她的記憶和痛苦時，瓶大喊一聲「住手！」，將他的手揮開。「我什麼也不想忘掉。」

理應失去記憶，腦中一片空白的瓶，唯獨意志沒消失。

「好，我明白了。」

雖然與瓶的相遇算是被迫接受，但北上很喜歡瓶，小孩子就得用心養育才行。首先要幫她多製造一點美好的回憶。就算沒對她施展能力，但這麼做的話，就會忘記痛苦。

「抱歉。我們先回去吧。」

瓶點頭同意北上的提議。

以傳送的圖片製作「不存在的書」

圖片提供者　@chinkao

水滴文庫
脳を潤す水。

代藤　寛充　Hiromitsu Daitou

1976年出生於東京。稻庭大學畢業。是家中七個兄弟姊妹裡的老么，在六個姊姊的圍繞下長大。他那些前所未聞、魅力十足的姊姊們身上發生的小插曲，由他整理成一部隨筆集《姊姊姊姊姊姊我》（夕榮社），1991年在衛星電視上拍成連續劇。

9A76549999000

12B4560005009

定価：本体714円（税別）

https://twitter.com/nonebook

FICT ￥714E

中学二年生の鈴木悠は困っていた。約束の期限まであと一週間、「このサボテンを一年枯らさずにいたら付き合ってあげる」幼なじみに出した条件はほんのちょっとの時間稼ぎのつもりだった。心の準備のための時間。一年ずっと想い続けてくれた証拠があれば嬉しさも倍になるし、すぐにオーケーするよりいい。でもまさか、その一年の間に他に好きな人ができるなんて思ってもみなかった。

國二生鈴木悠暗自發愁。她對自己的兒時玩伴開出「只要你能讓這個仙人掌一年都不枯死，我就和你交往」的條件，原本只是想爭取時間，現在眼看離約定的期限只剩一個禮拜。當初她是為了爭取時間做好心理準備。這一年來，如果可以證明對方心裡一直都想著她，她心中的歡喜也會倍增，這比馬上就答應對方的追求要來得好。但她萬萬沒想到，在這一年的時間裡，她竟然另有心上人。

仙人掌不會枯

代藤寬充

我覺得還太早，就只是這樣。

因為我們才國一。說什麼交往，我覺得還太早。我只是想多爭取一點時間。

「你去買仙人掌，如果能養一年都沒枯死的話，我可以和你交往。」

當兒時玩伴新哉向我告白時，我當下想出這個回答。我希望他向我證明他的愛。面對我這樣的要求，新哉露出一如往常的表情，整張臉皺成一團，一臉為難地苦笑。

我也喜歡新哉。如果日後要和誰交往的話，新哉是我唯一想得到的人選，所以我才會選容易照料的仙人掌。

隔天我的手機傳來照片。他似乎花了四十分鐘，騎單車到郊外的購物中心買了仙人掌。

「我盡可能挑了一個看起來很健康的。」看到他寫的訊息，我只回了一句「如果是花店的話，後站就有了」。其實我心裡很高興，但如果這時候露出破綻，或許就會洩漏出我的心思。

新哉不知道花店的地點，所以他專程跑到郊外的購物中心去。

「要定時向我報告哦。」
我事先加以叮囑，所以每週五他都會寄照片給我。雖然只是臨時想到的點子，但沒想到相當成功。
「不錯哦」、「長大一些了」、「它會開花嗎？」，我回覆都盡可能簡短。要是一不小心，可能會聊上整晚，但我都刻意不馬上回覆，等上十五分鐘、二十分鐘，或是只等了五分鐘就等不及，我很享受這種滿懷期待的感覺。
邁入暑假後，新哉多次開口邀我，但我決定要將這份期待留到明年。不論是煙火大會還是夏日慶典，今年都先跳過。我們分別和各自的朋友一起去，成了在會場上擦肩而過的一場活動。儘管如此，我還是滿心雀躍。當國中生真的太快樂了！
我們就這樣維持若即若離的友好關係，邁入秋季。儘管我很擔心，怕仙人掌要是枯死怎麼辦，但盆栽還是一樣漂亮，始終綠意盎然。看來，新哉比我想像的還要用心照顧它。
「該不會它其實早就枯死了，照片是你事先拍好的吧。」
「怎麼可能。」他以電視畫面當背景，拍照傳來。因為是實況轉播的音樂節目，所以確實是剛拍的照片沒錯。等我們交往後，真想去唱卡拉ＯＫ。
接著邁入冬天，過完新年，第三學期結束，歡樂的國一生活就此結束。
開始和新哉交往後，要做什麼好，去哪裡好呢？如果只是接吻的話，是沒關係，但如果要再進一步，還是會怕。到時候要用什麼方式來爭取時間呢？既然這樣，下次就選更難培育的植物吧。

升上國二後的第一個上學日。我和新哉雖然沒同班，但這樣反而好。要是一直都在一起反而尷尬，而且周遭人如果出言調侃，那可就糟透了。

我走進教室，跟朋友說「早安」。依照座號排座位，是升年級時特有的排法，與一般的更換座位相比，有種煥然一新的感覺，令人滿心雀躍。

「早安。」

從我隔壁的座位傳來一個瀟灑脫的聲音。咦，不會吧，等等，班上有這樣的人嗎？

「啊，早安。」

我這樣沒問題吧。希望我的聲音不會聽起來很奇怪。

隔壁坐著一名沒看過的男生，和我以前的同學都不一樣，以男生來說，他的頭髮略嫌長了點，但完全不會給人骯髒或邋遢的印象。那柔順的長髮、沒半顆面皰的白淨肌膚，都突顯出他的特別。好美。我第一次對男生產生這種感覺。

在自我介紹時得知，他這個年度才轉學過來。

「你有什麼不懂的，可以儘管問我。」因為享有坐隔壁的特權，自然有較多的說話機會。我過去的生活應該也很快樂才對，但與升上國二後的精采相比，甚至覺得國一那年的時光有點無趣。

「我有重要的事要跟妳說。」

新哉傳來訊息，感覺與平時不太一樣，我這才想起先前的一年之約。怎麼辦？他一定是要向我告白。我並不討厭新哉，但我沒辦法說他是我的最愛。

放學後，他找我去一間空教室。他還刻意將那小盆栽帶來，百般呵護地捧在懷裡。

我和一年前一樣，馬上脫口說道：

「那不是仙人掌……」

這叫「青雲之舞」。是阿福花亞科，十二卷屬。

其實早在他第一天傳照片來的時候我就發現了。新哉種植的植物雖然外觀像仙人掌，但正確來說，這並不是仙人掌。

「我是叫你種仙人掌，所以我們還不能交往。」

我還需要一段時間，才有辦法回應他這份心。

我現在應該還喜歡新哉。

「啥？妳開什麼玩笑啊！」

不過，他這句話決定了一切。

開什麼玩笑啊。一旦翻臉，就採取高壓態度，我沒辦法和這種男人交往。我希望新哉能珍惜我。

「抱歉，再見了。」

我不覺得有必要多做說明，所以就只用這句話和他道別。原本我是那麼想和他在一起，但只因為這麼一句話完全改變了我的心境。

半年後，我聽說新哉有了女朋友。雖然不知道他是否還在繼續照顧那盆仙人掌，不過聽新哉的朋友說，仙人掌好像還沒枯萎。

不過，這已經和我沒關係了。

以傳送的圖片製作「不存在的書」

圖片提供者　@tamika_satton

完全無欠ダイエット
横雨草屋敷
よこうくさやしき
剣ケ峰文庫

剣ケ峰文庫

橫雨　草屋敷 Kusayashiki Yokou

2000年在新裝社以《虛構作者》一書出道。由於他出道的經過、本人的經歷和簡介都沒公開，所以有人說「這是人氣作家的化名」、「他是某位政界大老的私生子」，各種謠言滿天飛。他本人對這些謠言既不承認，也不否認。他素以實驗性的寫作風格聞名，像會與作品緊密連結，看到一半時整本書上下顛倒的《文字的重力》、刻意安排許多錯頁的《裝訂的範圍外》等，有不少讓印刷公司叫苦連天的作品。

9A76549999000

12B4560005009

定価：本体714円（税別）

https://twitter.com/nonebook

FICT ￥714E

恋する十七歳・マルミは悩んでいた。彼女より体重のある同級生はひとりもいない。ネットで見つけたのは完全無欠のダイエット食品。胃の中で増え続け、一週間は空腹を感じなくなるらしい。一枚だけのはずが、つい一袋全部食べてしまったマルミ。胃がはち切れんばかりに膨張していく。しかし、体重百キロ超のマルミを育んだ胃袋も負けていない。消化力VS.膨張。愛のための戦いが始まる。

墜入情網的十七歲少女真留美很煩惱。同屆的學生裡頭，沒人體重贏過她。她在網路上發現一種完美無缺的減肥食品。似乎會在胃裡持續增加，一整個禮拜都不會有飢餓感。原本只要吃一片就好，但真留美不小心一包全部吃光。她的胃不斷膨脹，幾乎都快撐破了。但是將體重破百的真留美養大的胃，也沒就此認輸。消化力VS.膨脹力，為了愛，戰爭就此展開。

完美無缺的減肥

橫雨草屋敷

不管再多也吃得下，不管再多也消化得了。

高二生真留美的煩惱，就是她那太過健康的體質。她喜歡吃，只要有東西在面前，全都會被她吃進肚裡。

她五歲生日時，母親為了準備蠟燭，回到廚房才一分鐘的時間不到，她便將整個生日蛋糕一掃而空，包括她自己和家人的份。

吃得愈多，長得愈大，別說校內了，就連整個市內，也找不到體重勝過真留美的高中生。

然而，今天她就要告別這樣的煩惱了。

「只要有它，就瘦得下來了……！」

等我瘦下來，就要邀伸也一起去約會。這是已經決定好的事！沒任何人會來打擾，只有我們兩人獨處。

真留美拿在手中的，是網購買來的減肥食品。打開上頭印有陌生語言的褐色紙箱後，裡頭有透明的袋子和說明書。袋子裡裝有黃色的扁平狀食品。

「請一次吃一片。它會因水而膨脹，讓您感覺不到飢餓感。」

她是在手機廣告上看到的。聽說模特兒MANAKA也愛用，所以一定沒問題。只要有了它，就能得到理想的體型。

她輕輕打開袋子，略微聞到粉末的氣味。看起來不太好吃，但減肥食品就是這樣。過去吃過七十九種減肥食品的真留美，對減肥食品再清楚不過了。

「我要吃了。」

她緩緩將一片送入口中。那酥脆的口感很不錯，但沒味道。幾乎無味無臭。吃這種東西有什麼樂趣可言。

「為了保險起見……」

或許吃一片不夠。她又拿起一片塞進嘴裡。和第一片的味道完全一樣。

她等了一會兒，身體沒產生變化。

還是和平時一樣餓。廣告上的宣傳文明明寫著，肚子馬上就會鼓起，產生飽足感啊。

「會是因為水分攝取不夠嗎？」

說明書上也寫著，它會因水而膨脹。大概就跟乾燥的海帶芽一樣吧。

她從房內的冰箱取出寶特瓶汽水，一口氣喝光。她聽說喝碳酸飲料，比喝普通水更容易有滿足感，適合減肥。真留美的減肥知識豐富。

她搖晃身體，讓肚子裡的東西攪拌在一起。肚裡傳出咕嚕的聲響。

「不會吧……」

完全感覺不到半點效果。她還是和平時一樣有肚子餓的感覺。

「騙人、騙人、騙人。」

她陸續將減肥食品吃進肚裡。肚子咕嚕咕嚕叫。

真留美的身體辜負了她的期待，持續消化這些減肥食品。

「這是怎麼回事啊！」

她不停地將黃色的扁平食物送進肚裡。那三邊總長一百二十公分的紙箱，裡頭的東西有一半進了真留美的肚子。

「開什麼玩笑啊。」

既然這樣，就把它們全都吃了。她的手和嘴

動個不停，在咀嚼聲的空檔，傳出某個東西破裂的啪嚓聲。原來是真留美穿的彈性長褲因緊繃而承受不住。

「這怎麼回事？」

減肥食品確實在膨脹。但真留美的消化力遠勝它膨脹的速度。最後發生了什麼事呢？真留美的身體在吸收了減肥食品的營養後開始成長。

不知不覺間，真留美的身體盈滿整個房間。身高持續生長，最後突破了天花板。真留美雖然衣服破裂，變得全身赤裸，但她一點都不覺得羞恥，直挺挺地站著。她不停地成長，身高已超過五公尺。

可能是能量都用在生長上，真留美的身體已經變得很接近她理想的苗條體態。

雖然這身軀比誰都還要巨大，但也比誰都美。真留美擁有壓倒性的美。

「現在的我一定可以！」

她只想讓一個人看她重獲新生的美麗樣貌。真留美往伸也住的大樓走去。

沒人阻擋得了她。

這是完美無缺的減肥食品。

欲訂購者，請立即撥打以下電話！

〇三—九二Ｅ六—八五三四

以傳送的圖片製作「不存在的書」

圖片提供者　匿名希望

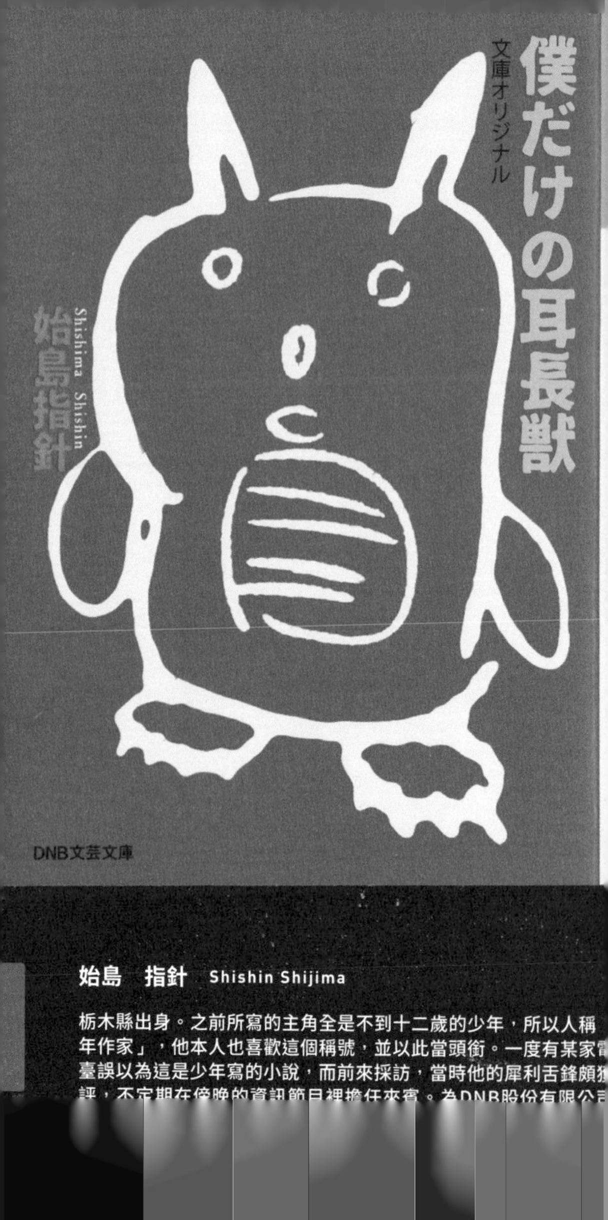
僕だけの耳長獣
文庫オリジナル
始島指針
Shishima Shishin
DNB文芸文庫
始島　指針　Shishin Shijima
栃木縣出身。之前所寫的主角全是不到十二歲的少年，所以人稱
年作家」，他本人也喜歡這個稱號，並以此當頭銜。一度有某家
臺誤以為這是少年寫的小說，而前來採訪，當時他的犀利舌鋒頗獲⬚評，不定期在傍晚的資訊節目裡擔任來賓。為DNB股份有限公⬚

僕だけの耳長獣＊始島指針

ある日教室の黒板に描かれていた怪獣の絵、クラスメイトの誰に聞いても作者はわからない。それからというものの同じ絵を至る所で目にするようになる。喫茶店の看板、すれ違った人のパーカーの柄、路地裏の窓、銭湯にいた男の入れ墨……。日本一気配り上手な小学生・仙道幸路の人生に紛れ込む小さな違和感を切り取ったシリーズ第二弾。

9A76549999000

12B4560005009

定価：本体714円（税別）

https://twitter.com/nonebook

FICT ¥714E

某天教室黑板上畫了一隻怪獸，問班上每一個人，都沒人知道是誰畫的。之後到處都看得到同樣的畫。咖啡廳的看板、擦身而過的人們身上的連帽T圖案、小巷裡的窗戶、澡堂裡一名男人身上的刺青……日本第一善解人意的小學生仙道幸路，他的人生中混進了小小的不協調感，該系列第二彈。

只屬於我的長耳獸

始島指針

從小到大，大家常說他是個貼心的孩子。

並不是有誰特別這樣教育他，但只要他看到就會在意，只要在意，身體就會自然行動。見到有人抱著沉重的貨物，就會主動幫忙；看到有人要通過，就會幫忙按住門；如果一起搭電梯，就會問一句「請問要去幾樓」，這是很理所當然的事。有一次他因為看父親的酒杯空了，正準備替父親倒啤酒時，父親阻止了他，並對他說：「你不必做這麼多。」

就仙道幸路來說，關心所有事是理所當然。

所以當時也只有幸路一個人發現那幅畫。那時他剛升上小六，他上學來到六年二班的教室時，發現黑板上有塗鴉。是以扭曲的線條畫出一隻怪獸的圖畫。有點像教育節目裡的吉祥物，不過牠的耳朵特別長。

如果黑板髒了，就算他不是值日生也一樣會主動擦黑板。幸路將那幅怪獸圖畫擦掉的動作，當時在教室裡的十幾個人應該都親眼目睹才對，但事後幸路談到那幅畫的事，卻沒人記得。

「幸路，你想太多了啦。在黑板上畫畫不是常有的事嗎？」

「可是，我在其他地方也看到同樣的畫呢。你不覺得很奇怪嗎？」

自從擦掉那幅畫後，便在街上到處都看到同樣的畫。

最近時常在上下學路上的咖啡廳看板上，看到有人用噴漆塗鴉，或是在他發現的一處可以當神秘捷徑的小巷裡，蒙上霧氣的玻璃上，有人用手指畫下這個圖案。

他當這是最近流行的角色，而向班上幾名同學詢問，但非但沒人知道，他們甚至都說沒人看到黑板上畫的圖案。

「這種小事全都記得，那才奇怪吧。」

漫畫的後續劇情、與朋友吵架、新發售的遊戲、要邀誰一起參加煙火大會、即將到其他國中就讀的好友。比這更重要的事多得是。

儘管如此，他的好奇心還是停不下來。如果那只是一般的塗鴉，或許就能忘掉這件事，但偏偏看到了更令他在意的事。

放學時，一名與他擦身而過的男子，他身上穿的連帽T，腹部的位置就印有那隻怪獸的圖案。他本想喚住對方，但他害怕跟留著長髮和鬍子的大人說話，因而作罷。

「你那件連帽T是在哪兒買的？」這句話卡在他喉嚨裡出不來。

接著是在澡堂看到那圖案。幸路的父親喜歡洗三溫暖，偶爾也會帶幸路一起上澡堂。幸路雖然不能進蒸氣室，但光是能泡在大浴池裡他就很興奮了。幸路很喜歡上澡堂。

而當他看到那個圖案時，差點叫出聲來。不過父親告訴過他，在澡堂裡不能大聲喧譁，所以他將驚呼吞回肚裡。有位坐在沖洗處的大叔，他的上臂畫有那隻怪獸的圖案。圖案怎麼洗也不會掉，可見那是刺青。

當幸路洗完澡，邊休息邊喝水果牛奶時，他跟父親提到那名刺青大叔的事。

「我說幸路啊，有刺青的人並非每個都是壞蛋哦……」

父親很低調地提醒他，別跟不熟的人談這種事。

「爸，你知道那個怪獸嗎？」他如此詢問後，父親不知為何，略顯難為情地笑了。

幸路原本是個會遵守父親叮囑的好孩子，但他很快就在隔週打破承諾。

因為那名留鬍子的男人就站在超商前喝咖啡牛奶，穿著和上次一樣的連帽T。可能是感興趣的程度勝過害怕，這次幸路鼓起了勇氣主動搭話。

「啥？這件衣服？」

突然有位陌生的小學生跟自己搭訕，男子顯得有點慌亂。

「哎呀，不好意思。小弟弟，你現在還沒辦法穿哦。」

幸路只是想知道怪獸的真面目，並不是想要這件連帽T，但他無法解釋清楚。「不好意思啊，」男子從包包裡取出一個鑰匙圈遞給了他，並對他說：「別讓你爸媽看到哦。」這鑰匙圈正是那隻怪獸的造型。

好在他是位好心的大哥哥，但幸路心中的疑問還是沒消除。因為常看到這隻怪獸，也漸漸開始喜歡牠了，所以他把鑰匙圈別在書包上。

最後，這個鑰匙圈解開幸路的疑問。

「幸路，你怎麼會有這種東西？」

堂姊亞希菜到家裡來玩時，向他盤問道。

「是班上朋友給我的。」

他扯了個謊，沒說是一位不認識的大哥哥送他的。

「最近的小學生也太早熟了吧。」

「最近好像很流行呢。在街上到處都看得到。」

幸路告訴堂姊，之前他和父親一起去澡堂時也看過。一提到刺青的事，亞希菜堂姊皺起眉頭應道：「真是糟糕……」

「不過，就連花花公子的兔子標誌，也還是有人會使用，當作是一種時髦的表現……」

「姊，這到底是什麼啊？」

亞希菜姊獨自一人喃喃自語道，「該告訴他嗎？」、「不，他不知道的話，可能還比較危險」、「他都已經是國中生了」，幾經猶豫後，她對幸路開出條件：「你可別說是從我這裡聽來的哦。」便告訴了幸路。

「這是一家賣色情書刊的店家專屬的吉祥物。最近在車站對面開了這麼一家店，他們四處發送贈品。」

她和父親一樣，露出難為情的神情。

「所以說，畫有這個角色圖案的店家，我現在還不能進去嘍？」

以傳送的圖片製作「不存在的書」

圖片提供者　@make_miha

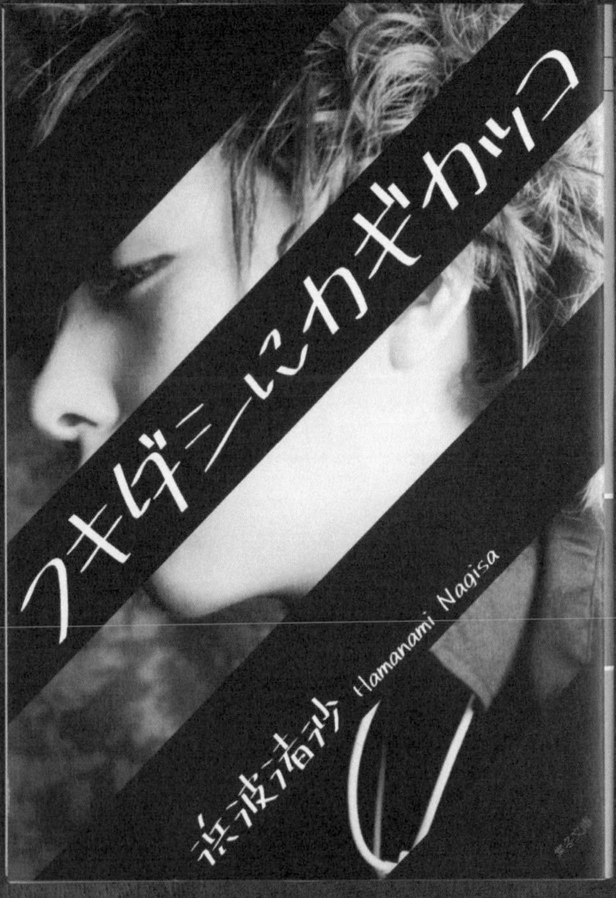

活字で、暖をとる。
常冬文庫

濱波　渚沙　Nagisa Hamanami

1990年生，韮崎女子大學畢業。當過粉領族，後來成為作家。2016年出版《鳥擊之戀》。以失去之物當主題，持續創作。此外還有《對話框和括弧》、《抽屜和毛巾被》、《突然來個狼尾頭》等作品。

三年前にライブハウスのフロアで会った女性が忘れられず、同じ店に通い続けた僕は、ある日劇的な再会をする。腰の上まで伸びた黒い髪、照れたように笑う彼女——思い出の女性はステージ上で力強く歌っていた。金髪でパーマの彼女は、あの日と全然違っていたけれど、それでも変わらず魅力的だった。「私はあの日からずっと歌ってた……。あなたは？」僕の三年遅れの人生が始まる。

9A76549999000

12B4560005009

定価：本体714円（税別）

https://twitter.com/nonebook

FICT ￥714E

三年前在一處展演空間遇見一名女子，我一直念念不忘，持續到同一家店光顧，某天就此展開戲劇性的重逢。她留著一頭及腰的烏黑長髮，笑容靦腆——回憶裡的她，站在舞臺上中氣十足地高歌。而現在的她，染了一頭金髮，與那天截然不同，但還是魅力不減。「那天之後，我一直在唱歌……你呢？」我晚了三年的人生就此展開。

對話框和括弧

濱波渚沙

♪

唱歌的人是她。

從車站徒步約二十分鐘路程的一處展演空間裡，雖然她整個人呈現的氣質和以前大不相同，但此刻站在舞臺上的人確實是那天我見過的那位女性。

三年前在同一處展演空間，我與她邂逅。

在「Blanket and fried rice」這個樂團的解散現場演唱會上，擠滿了人。現場演唱結束後，有位女子沒和任何人交談，獨自坐在角落，神情認真地注視著舞臺，我對她感到好奇，便望向她，正好與她四目交接。

「不好意思。」

她像在求助般向我搭話。她那長度垂肩，又黑又亮的長髮，以及像在凝望遠方的烏黑雙眸，令人印象深刻。身高與一百七十公分高的我差不多。本以為她是誰的粉絲，但我似乎猜錯了。

「要怎麼做才能站在上面呢？」

「站在上面？」

她指的是舞臺。也就是說，她自己也想在舞臺上唱歌。

「那得先組個樂團，找人邀請你們在活動中獻唱，或是自己租場地現場演唱……」

我以有限的知識回答，但是對她來說，這樣似乎就已經足夠。詢問後得知，她是第一次到展演空間來。

「妳沒參加樂團之類的音樂活動吧？」

「我只有小時候學過一點鋼琴……」

既然學過鋼琴，那想必是位千金小姐，這樣的推測雖然有點隨便，但這次似乎沒猜錯。

想必是抱持了什麼想法，才會突然想跑來展演空間看看。人生運作的齒輪總會有錯亂的時候，許多樂團都是這麼唱，所以我知道。

「還有……現在已經沒有電車了，我不知道該怎麼回家才好，請問我該怎麼做？」

當時二十四小時營業的平價餐廳已很普遍，我常在附近的平價餐廳打發時間，等候首班車到來。我心想，既然回不去，那也只好這麼做了，就此帶著這位大小姐走進一般平民的生活圈，我們兩人聊了一整晚。

我沒問她的聯絡方式。換句話說，我在裝酷。在這場對話中，我得知她和我同年。而且還大我半年。

「明天是我生日。」

那天，我們兩人都十九歲。

♫

已經二十二歲的我，再次與她聚首。

她頂著一頭金色的短髮，而且還燙了頭髮。身上穿的衣服也是龐克搖滾風的皮夾克，與三年前的她判若兩人，但唯獨她那像在凝望遠方的烏黑眼眸依舊沒變。

今天是展演空間主辦的定期現場演唱會，不是哪個要解散的樂團所舉辦的現場演唱，但是就某個層面來說，這算是我自己的引退現場演唱會。

當初是因為有位高中同學要登臺演出，所以大一那年夏天我陪他一同前來，後來倒不是音樂吸引我，而是展演空間本身的空間魅力令我深感著迷，只要一有時間，我就會到這裡來。而在勤跑展演空間的過程中，我結交了朋友，度過一段歡樂的時光。儘管如此，今天將是我最後一次造訪此地，我打算就此劃下句點。

我與舞臺上的她四目交接。

她看到我了！為什麼我腦中會馬上出現這個想法呢？

「之前那場現場演唱令我深受感動，我便開始唱歌。」

不同於她現在的外表，她的說話語氣還是跟當時一樣客氣。登臺結束後，她主動前來和我聊天。詢問後得知，她住在離這裡很遠的地方，主要以那裡當她的活動據點，而今天她終於達成多年來的心願，得以在這處展演空間表演。

「您現在在忙些什麼？」

我不知該如何回答。我並沒做什麼羞於向人啟齒的事。我就只是個常泡在展演空間裡的普通大學生，固定到學校上課，參加求職活動，從下個月起，就要到公司上班了。

很正常的生活。

「沒忙什麼。」

我這句話就像明明已在對話框內，卻還刻意加上括弧的對白，聽起來既虛假，又膚淺。

「不，我一直都在觀眾席裡。一直都在這裡。」

和那天一樣。唯一的不同，是這次主角不是她，而是輪到我上場了。

我聽到人生運作的齒輪錯亂的聲響。

以傳送的圖片製作「不存在的書」

圖片提供者　@ma_nu39

天動文庫

川島　路地子　Rojiko Kawashima

1985年出生於福島縣。以小谷美奈子愛情＆驚悚大賞的最終入選作品《優良健全矯正機構》一書出道。持續描寫現實與妄想交錯，不穩定的世界，2018年出的文庫本《食人鬼歐格爾的愛》，為累計達三十萬本以上的暢銷書。此外還有《消極的殭屍》、《快樂黑死病》等書。

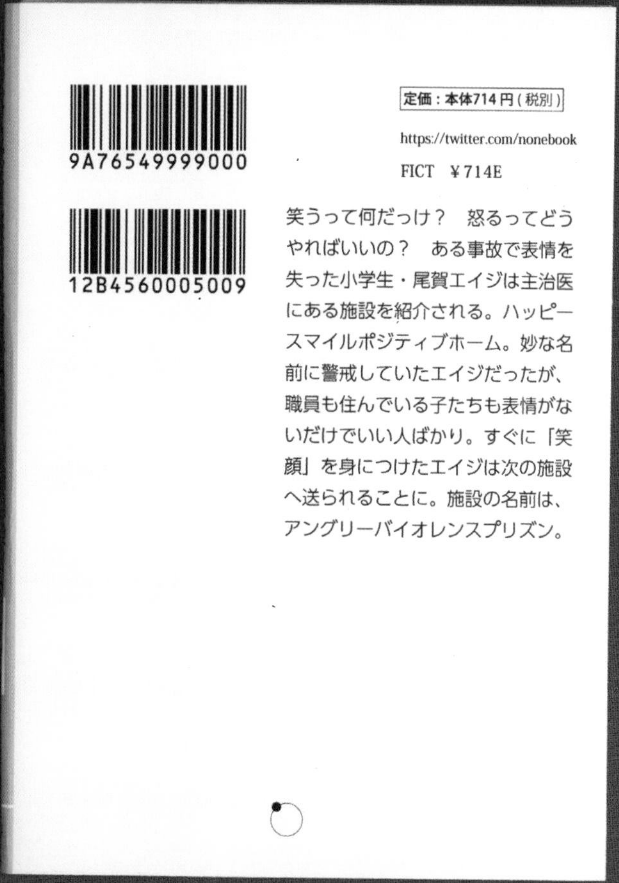
9A76549999000
12B4560005009
定価：本体714円（税別）
https://twitter.com/nonebook
FICT ￥714E
笑うって何だっけ？　怒るってどうやればいいの？　ある事故で表情を失った小学生・尾賀エイジは主治医にある施設を紹介される。ハッピースマイルポジティブホーム。妙な名前に警戒していたエイジだったが、職員も住んでいる子たちも表情がないだけでいい人ばかり。すぐに「笑顔」を身につけたエイジは次の施設へ送られることに。施設の名前は、アングリーバイオレンスプリズン。

笑是什麼？怎麼做才是生氣？在某起事故中失去表情的小學生尾賀英治，他的主治醫生介紹他去某個機構。Happy Smile Positive Home。雖然英治對這奇怪的名稱存有戒心，但這裡的職員以及住在裡頭的孩子們除了沒有表情之外，個個都是好人。很快地，英治馬上學會「笑臉」，接著他被送往下一個機構。這機構的名稱叫作Angry Violence Prison。

Happy Smile Positive Home

川島路地子

「歡迎來到Happy Smile Positive Home！」

孩子們的聲音整齊劃一。這裡是Happy Smile Positive Home，讓失去感情的孩子們重新學會喜悅的一處矯正機構。

英治，你因為遭遇事故而失去感情。像你這個年紀的孩子目睹了那樣的光景，會有這種反應反而正常。

不過，不能一直這樣放著不管。因為你已故的雙親也會難過的，更重要的是，一個不會哭也不會笑的孩子，大人不會喜歡。不，並不是我這麼想，這始終都是社會大眾的觀點。

首先，你要先學會喜悅的感情。

英治，你一直都注視著一面潔淨、雪白的牆壁。因為沒有表情，所以不知道是驚訝、不安，還是無聊。嗯，一點都不可愛。不，這始終都是社會大眾的觀點。

你一直都站著沒動。這樣啊，你連好奇心也沒有是吧。那麼，來吃餅乾喝茶吧。放心，問題不在味道。你逐漸露出陶醉的眼神了。很好，發揮功效了。

接下來，你會在幸福感的籠罩下失去意識。當你醒來時，會身在另一個地方。

「這裡是哪裡？」

你其實很不安對吧，但我還沒教你這種心情。

你只會反覆呈現笑臉和面無表情。

「哈！這裡是Angry Violence Prison！」

守衛粗獷的嗓音響起。接著來教你學會憤怒的情感吧。

「好，動手吧。」

這裡也有許多孩子。在守衛的吆喝下，十名孩子依序踢向英治。

「唔……」

英治發出呻吟聲，但沒抵抗。他剛學會的笑臉已經消失。守衛沒直接動手，就只是在一旁觀看。大人動手毆打孩子，這麼不人道的事他們做不出來。

體罰結束後，守衛說：「我還會再來！」就此關上鐵門。同樣的情況反覆上演了八次後，英治起了變化。當他挨踢時，他扯開嗓門喊道：

「住手！」

太棒了。英治果然有才能。你的父母是易怒的人嗎？不，失禮了。這是你從他們那裡繼承的意志，是很出色的思想。

英治將聚在一起的那群人撞開，衝向外頭。就像受到引導般，不停奔跑。儘管已來到建築外，依舊沒停下腳步。

當他的憤怒能量耗盡時，他似乎發現已經沒人在後面追趕。周遭就只有搖曳的樹林。

「Solo Patient Forest。悲傷森林」

森林入口處，一名裹著繃帶，全身雪白的少女前來迎接。

「你好。我們來當朋友吧。」

因為繃帶的緣故，看不出少女的表情。英治惴惴不安地點頭，答應少女的請求。憤怒與恐懼互為表裡，你得到了一樣好東西呢。

「你的父母在臨終時是怎樣的表情呢？」

寧靜的森林鼓動人們的不安。啊，你哭了。

不能為這種事哭泣，要忍住悲傷。人就是這樣成長的。

「我……」

英治表情凝重地望著少女。你的人生開始有深度了。

「我必須……」

「必須？」

少女握著你的手。不過，英治雖然一臉為難，卻還是很清楚地告訴她：

「我必須走了。」

告別後，便向前邁開腳步。你的側臉暗藏著意志。不錯哦，不愧是我賞識的孩子。

英治走出森林後，停下腳步，緩緩吁了口氣。

「最後是這裡，It's Natural Place。」

你可以什麼都不做。只要用全身去感受那解放後的安心感，感情就會很自然地恢復。只要待在那裡，感情就會自己湧現。人類原本就是這樣。

「英治，恭喜你。」

你已成為一個完美的人。咦……怎麼沒回答……？

又來了。這理論應該很完美才對啊。算了，再多試幾次就行了。因為Try&Error是科學發展避免不了的事。好了，我們再試一次。

到Happy Smile Positive Home去吧。

以傳送的圖片製作「不存在的書」

圖片提供者　@yellowkiiro2201

竹林社文庫

瀨下　世界　Sekai Seshita

2000年出生於東京都世田谷區。以《死者的代書》贏得裝彈社推理&驚悚大賞，就此出道。投稿時的筆名為「西鄉隆盛」，但在編輯部的意見下，更改為現今的筆名。原因是她本人為身材高挑清瘦的美女，完全沒有西鄉隆盛給人的感覺。她愛穿男裝，在授獎典禮中也穿燕尾服參加。《世界的亡者》目前在竹林社的《竹筍》中連載。

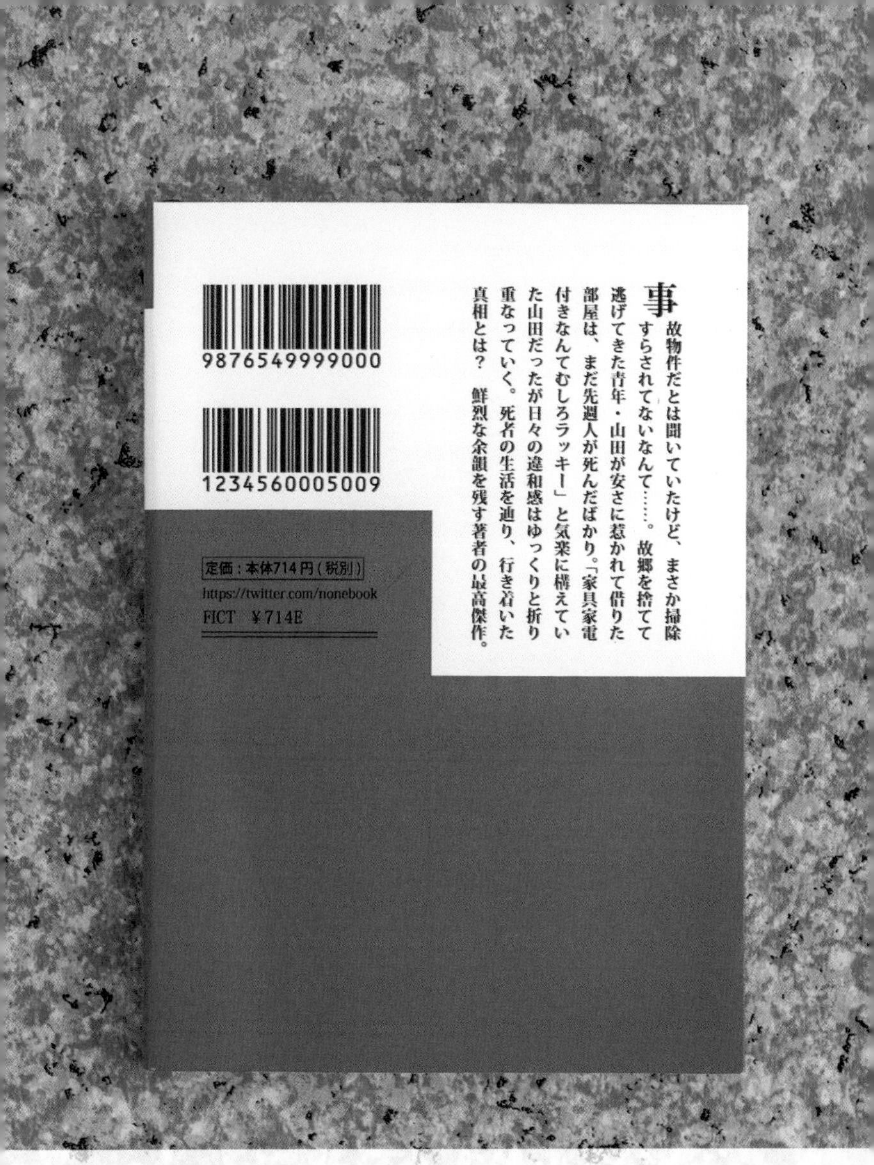
事故物件だとは聞いていたけど、まさか掃除すらされてないなんて……。故郷を捨てて逃げてきた青年・山田が安さに惹かれて借りた部屋は、まだ先週人が死んだばかり。「家具家電付きなんてむしろラッキー」と気楽に構えていた山田だったが日々の違和感はゆっくりと折り重なっていく。死者の生活を辿り、行き着いた真相とは？　鮮烈な余韻を残す著者の最高傑作。
9876549999000
1234560005009
定価：本体714円（税別）
https://twitter.com/nonebook
FICT　￥714E

我聽說是凶宅，但萬萬沒想到連打掃都沒做……拋下故鄉，獨自逃離的青年山田，受便宜的房租吸引而租下的房子，上週才剛死過人。「還附家具家電，真是太幸運了──」山田輕鬆租下房子，卻在每天的生活中，逐漸累積不對勁的感覺。他探尋死者的生活，最後得知的真相為何？餘韻濃烈，作者的最高傑作。

死人的肖像

瀨下世界

我運氣真好。

因為原本一個月要五萬日圓房租的房子，我用三萬日圓就租到了。

由於我在老家出了一點問題，非得馬上搬家不可。沒有餘力像一般的搬家那樣慢慢準備，所以我將身邊的物品塞進一只背包裡，一路轉乘電車，盡可能前往人多的地方。

「我沒有保證人、沒有存款，也沒工作，但我需要一個馬上能入住的地方！」可能是因為我提出如此無理的要求，好幾家房屋仲介公司都讓我碰軟釘子。當太陽下山時，我走進一家老舊的房屋仲介公司，那位大叔聽完我說的話之後，嘴角輕揚，回了我一句「有哦」。要不是有他這句話，我就得露宿公園了。

「因為屋裡死過人，所以價格便宜。」

我這個人向來不在意這種事，所以我很高興能簽下這麼便宜的租屋合約，但當我實際看到那棟公寓裡的房間時，也不禁為之傻眼。

「家具之類的，全部都留著沒搬走，所以你可以直接入住哦。」之前我確實是聽他這麼說，但我萬萬沒想到會是這副光景。

對方可能是早餐吃到一半，暖桌上面還擺著喝了一半的咖啡和麵包。棉被還鋪著沒收，一件像是當睡衣穿的灰色厚T隨意脫放。往浴室裡瞧，裡頭有用到一半的洗髮精和肥皂，甚至連入浴劑都還留著。那位已故的住戶，似乎是那種就算家裡只有一間衛浴間，也還是堅持要泡澡的人。我也一樣。

小學時從賢二那裡聽來的恐怖故事中，好像就有這麼一則故事。船上留下還冒著熱氣的咖啡，但船員全都消失不見的幽靈船。

屋裡連基本的整理也沒做是怎樣！於是我打電話給那位房屋仲介的大叔，而他只回了我一句：「以維持現狀優先！」便掛斷電話。

這大叔也太不像話了，但他同時也是我來到這地方後第一個認識的人，還是好好珍惜這個緣分吧。雖然我不相信鬼魂，但我對這種事還是會認真看待。

既然留下來的東西全部都能使用，那我就不客氣了。我一點都不會嫌棄。連我那十歲以前都和我同住的父親也是，他一直都還在使用爺爺留下的刮鬍刀。

也許這算是我們的家風吧。

我鑽進不知道是誰的被窩裡。說來也真不可思議，我一點都不覺得不安，沉沉地就睡著了。

早上起床後，我先把亂翹的頭髮梳直。

我向來都是沖完澡後就入睡，所以早上總是一頭亂髮。因為得消耗不少順髮水，所以我總是大量買來備用。幸好這房子裡還留有順髮水，我可以不用外出購買。

我拿起前人留下的髮梳，但上面纏滿了髮毛，慘不忍睹。我的髮梳也常這樣。我應該曾經從電視上看過將纏在髮梳上的頭髮清除乾淨的秘技，但這種知識在需要的時候偏偏想不起來。留在我老家那裡的亞希菜，她這個人在這方面特別拿手。雖然她在學校書念不好，但擁有許多這方面的小知識，時常幫助我。

感覺跟亞希菜和賢二已經好久沒見了。

突然很想聽她的聲音，於是我打電話給亞希菜。原本打算再也不跟她聯絡，但我抗拒不了內心的衝動。來電答鈴聲一直響個不停。已經都快中午了，但她可能還在睡吧。

我又試了一次，讓它響了許久，這才放棄。第二次落空帶來不小的衝擊。我肚子餓了起來。

雖然屋內擺了許多方便的東西，但冰箱裡頭沒什麼像樣的食物。有一袋高麗菜絲、納豆、優格。偶爾會想吃點有益健康的食物，而特地買了回來，卻又提不起勁吃，最後只能丟棄。我也常做這種事。

可惡。我在廚房的櫥櫃裡翻找，看還有沒有其他吃的，這時傳來手機的震動聲。我的手機向來都設在靜音模式，所以不會發出鈴聲。但很奇怪。

手機在我手上，但聲音卻從不同的地方傳來。

我找尋聲音的來源，結果發現有個手機掉在床下。和我用的是同一款手機，裝的是同樣的手機套。

我望向手機畫面，發現上面顯示「明美」這名字。為什麼明美會打電話到前屋主的手機呢？

「……你是誰？別這樣惡作劇好嗎？」

朝螢幕點了一下後，手機傳來明美那困惑的聲音。還問我是誰，是我啊。我應該是這樣回答她，但發不出聲音。

「這不可能吧。明明確實埋好他了，我也親眼看到了。」

埋？我腦中滿是問號，但還是發不出聲音。我沒有聲帶。為什麼聲音出不來？因為我沒有肉體。

我在老家出了問題，便逃來這裡，想等風頭過去，但很快就被逮著了。是賢二還是亞希菜？有人說出我的藏匿地點。

這裡是哪裡？這是我第幾次想到這個問題？

可惡啊。雖然不知道他是天使、惡魔，還是惡鬼，但誰會料到那樣的大叔竟然會是地獄的使者。

那用到一半的洗髮精以及隨地亂脫的厚T，我不會感到嫌棄也是理所當然。這是我的房子。全部都是我的東西。

我遭到殺害以及掩埋時的記憶完全沒留下。我運氣真好。因為能在沒受苦的狀態下死去。

我都不知道，原來煉獄就是一間單人房。

以傳送的圖片製作「不存在的書」

圖片提供者　@yamamura

鹿庭　晦日　Misoka Kaniwa

1964年出生於宮崎縣。2005年以《致命的吸引力》贏得第32屆梅杜莎賞後出道。當初的志向是寫本格推理小說，但在推出第五部作品《悲慘又可憐》時，他順著致鬱系推理的風潮，就此改變寫作風格，連續推出暢銷作品。2016年在「最想賣的書排行榜」獲選為第一名，持續向前躍進。

9A76549999000

12B4560005009

定価：本体714円（税別）

https://twitter.com/nonebook

FICT ￥714E

真相配達株式会社では、あなたの為の『真相』をお届けします――。殺人・窃盗・横領・浮気、罪の大小を問わず疑われて困ったときに手紙を送っていただければ、三日後にあなたを助けるための『真相』を記した書類をお送りします。もちろん、あなたが真犯人だったとしても……。表題作を始め「四十四人の依頼人」「間違った使い方」「真相対名探偵」「死者からの依頼」など六編を収録。

真相配送股份有限公司，會為您傳遞「真相」——殺人、偷竊、侵占、外遇，不論犯罪的輕重，當您被人懷疑，不知如何是好時，只要寄來一封信，三天後，我們將為您寄出一份寫有「真相」的文件，可以解救您。當然了，即使您就是犯人，也一樣為您服務……包含同書名的作品在內，還收錄了〈四十四位委託人〉、〈錯誤用法〉、〈真相VS.名偵探〉、〈來自死者的委託〉等六篇故事。

真相配送股份有限公司

鹿庭晦日

「作弊？」

講電話的真梨不住顫抖。女兒就讀的國中打電話來通知，讓她徹底絕望。

「會、會不會是搞錯了？」

然而，女兒自己都已承認。在月考時，女兒攜帶的小抄被老師發現，經詢問後，女兒落淚坦言一切，說她是因為承受不了成績下滑的壓力，才鋌而走險。

「……多傻的孩子啊。」

就算作弊被老師抓到，但只要堅持否認，還有可能脫罪。或許免不了會被處分，但周遭人對她的評價會就此不同。「是老師看錯了，我是受害者。」只要繼續這樣聲稱，總會有人相信。

有膽子敢作弊，這點和真梨很像，但直覺欠佳這點似乎像到了丈夫。

這麼一來，求學歷程上免不了會有汙點。當初辛辛苦苦擠進這所同時有國高中的名校，真不知道是為了什麼。如果只有國中三年倒還好，但離高中畢業還有五年。她不覺得女兒能在同學們的批評下繼續上學。
「……真相配送。」
這時她想起某個服務的名稱。
她曾聽高中時代的朋友真留美說過這件事。真相配送股份有限公司。不想讓人知道的事穿幫時，只要委託這家公司，似乎就會送來替代的真相。
她急忙找尋真留美給她的名片，那張紅色的名片上只寫著公司名稱和電話號碼。她向接起電話的負責人坦白說出自己的狀況。
「你們能想辦法對吧？」
「不，我們就只是傳送真相。」
幾個小時後，女兒坐老師的車回到家中，她摟緊女兒，竭盡所能地出言安慰。
「妳放心。媽媽會幫妳想辦法的。」
我應該能成為一個可靠的母親。真梨這樣告訴自己。
她讓女兒請假不去上學。在真相送達之前，似乎得等上幾天，所以在那之前不能節外生枝。
整整三天後，真相送達。她看上面的郵戳，是來自北海道離島的郵局。她不覺得那種地方真有這麼一家公司。
重要的是真相的內容。她馬上檢視裡頭的東西，裡頭有十幾張文件和鑰匙圈，甚至附上今後被人問到時該怎麼回答的假想問答集。

上頭寫的真相如下。

女兒沒作弊，但她持有小抄是事實。女兒發現朋友想作弊，欲加以阻止，就此拿走小抄。但朋友說，如果沒有這張小抄，她恐怕會留級，女兒為朋友著想，處在正義感與友情的夾縫間苦惱不已，最後當她準備將小抄還給朋友時，不巧被老師撞見。

雖然不足以改變學校的處分，但應該足以讓周遭的朋友接受這樣的說法，守住別人對她的評價。這同時也符合真梨所提出的要求。這鑰匙圈是證明女兒與那位朋友之間的友誼。那麼，妳那位朋友到底是誰——就算別人這樣問，也絕不能回答，當然了，也答不出來。不過，沒回答這個問題，反而能提升女兒在同伴間的評價。

多虧一再反覆地向女兒灌輸這些要點，女兒最後得以平安重返校園。這都得感謝真相配送股份有限公司。

她再次利用這家公司的機會，是在幾個月後，這場風波都已平息時。因為丈夫突然對她說「妳有外遇對吧」。

怎麼會有這種事！

我是有外遇，但不可能穿幫啊。丈夫一定沒掌握證據，單純只是憑直覺這樣說。

她馬上打電話請他們配送真相過來。雖然收費頗高，但她知道確實有效，所以這次毫不遲疑。

真留美也說她在外遇的事即將曝光時就是用這招，所以這家公司在這方面也有經驗。

「看來，您很滿意上次的真相。」

她打電話過去，這次換另一位負責人接聽。那驕傲的口吻聽了不太舒服。

「這不重要，請你快點處理。我會付你錢。」

對方說，這麼短的時間內就再次光顧的客人，相當罕見。換句話說，她是上賓，給點特別待遇也是應該的。

但最後一樣是在三天後真相才寄達。

這段期間她一直承受丈夫懷疑的目光，所以這三天她可說是如坐針氈。根本就是在耍人嘛，真梨焦躁地撕開信封。這次郵戳顯示是來自沖繩，這更令她怒火中燒。

「哼。」

這次的真相反而比上次簡潔多了。裡頭放了一張紙，針對丈夫懷疑的那些時間，詳細寫下不在場證明，所以她把這些全記在腦中。沒必要完全默背下來，倒不如說，詳細記得自己幾個月前的每一項行動，這樣反而不自然。紙上甚至還提到這樣的注意事項。

真梨和外遇對象幽會的時間，是在找禮物要送給丈夫。這樣的解釋雖然簡單，但頗具效果。

隔天晚上，她戰戰兢兢地向丈夫開口談這件事。「對不起。」這也是她事先準備好的臺詞。

「因為以前我都沒送過你禮物，覺得很難為情……」

這時顯得不自然，反而能帶來更大的衝擊。平時的言行剛強，全是因為愛丈夫的一種反面展現。人就是這樣，只要是自己想聽的話，聽了就會深信不疑。

猜疑就此化解。換言之，不管丈夫之前知道了什麼，現在真梨引來懷疑的動機已經不見了。

幾天後，真梨打了通電話給真相配送股份有限公司，說要追加委託。這麼頻繁地光顧，肯定是他們的優良客戶。這次他們要是不提供特惠，我就要客訴。

「呃，我殺了我丈夫……」

以傳送的圖片製作「不存在的書」

圖片提供者　@meta_148

共信推理文庫

森吉 雪尋 Yukihiro Moriyoshi

1976年出生於北海道。米田大學纖維學院中途退學後，以打工的身分，在出版社內從事辭典編纂的工作，一待就是八年。2006年以《天涯孤獨的月兔》贏得第二屆大橋肖像推理小說大賞，就此出道。往後十年都以蒙面作家的身分活動，根據他的寫作風格，有人傳聞他是女性，但他在2016年趁著南日本作家協會賞頒獎的機會，在公開場合露面，昭告了他男性的身分。

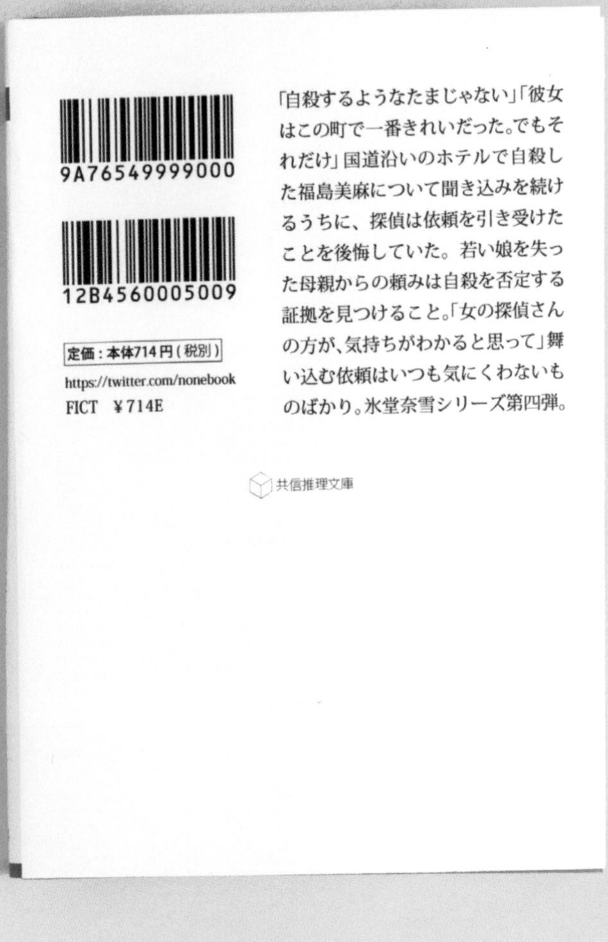
9A76549999000
12B4560005009
定価：本体714円（税別）
https://twitter.com/nonebook
FICT ¥714E
「自殺するようなたまじゃない」「彼女はこの町で一番きれいだった。でもそれだけ」国道沿いのホテルで自殺した福島美麻について聞き込みを続けるうちに、探偵は依頼を引き受けたことを後悔していた。若い娘を失った母親からの頼みは自殺を否定する証拠を見つけること。「女の探偵さんの方が、気持ちがわかると思って」舞い込む依頼はいつも気にくわないものばかり。氷堂奈雪シリーズ第四弾。
共信推理文庫

「她沒那個膽自殺。」、「她是這個市鎮最美的女人，但也就只有這樣。」偵探針對福島美麻在國道旁的一家賓館自殺一事，持續向人打聽消息時，對接下這項委託感到後悔。痛失年輕愛女的母親委託的工作，是要找出否定女兒是自殺的證據。「我認為女偵探比較能明白這種感受。」自己送上門的委託案，總是教人覺得反感。冰堂奈雪系列第四彈。

路旁的公主

森吉雪尋

「我認為女偵探比較能明白這種感受。」

如今回想起來，打從一開始我就對這項委託覺得反感。並非因為我是女人，就得了解女人的感受，我從來不覺得我明白誰的感受。

但我還是接下了這個案子，因為委託人的態度無比認真。另外還有一個主要的個人因素，那就是我因上次的車禍被迫住院，多了一筆意外的支出，差點連房租都付不起。

委託人——福島麻子說，她的獨生女在半年前過世。

「她不是那種會自殺的人。她個性認真，是個好孩子……」

我被麻子那多到滿出的悲傷所震懾，待我回過神來，已點頭答應。她的委託內容是找出她女兒美麻並非自殺的證據。我心想，她會不會是有什麼根據呢，但她從頭到尾就只是堅稱「那孩子不是那種會自殺的人」，我得在毫無線索的情況下展開調查。

「我會著手調查，不過，無法保證能給您想要的結果。」

倒不如說，查無所獲的可能性還比較高。警察研判這是自殺，應該有相當的依據才對。我和她約定好，先調查一個禮拜看看，便展開調查。不過，這位母親真的明白自己在說些什麼嗎？如果她女兒不是自殺，那就表示這是他殺，有人殺害她女兒。

我先從蒐集報紙和雜誌報導展開調查，因為麻子不想談論女兒自殺的相關細節。反正我自己也會調查，所以她就算瞞我也沒用。不過麻子說這件事她沒辦法自己講，拒絕告知。

因為自己過度的情感而增加沒必要的人力耗費，像這樣的人如果多出一半，日本只要五年的時間景氣就能好轉。

我花了一整天的時間，將蒐集來的資料看過一遍，大致的梗概都已記在腦中。

命案現場是在郊外的一家賓館，麻子對此一句話也沒說。我不想先入為主，擅自認定認真的乖孩子絕不會上賓館，但美麻才十七歲。

一位十七歲的少女在賓館上吊自殺。就算在現今這個時代，這也會被當作一起駭人聽聞的事件看待。不光報紙上的報導，有幾本雜誌上也刊登了這篇報導。其中一本甚至還很仔細地附上命案現場的照片。

既然是去賓館，就應該會有對象。

首先要將她的交友關係查明清楚。麻子將美麻的手機交由我保管。螢幕已經解鎖。我問她是否已檢查過手機裡的內容，結果她毫不客氣地回了一句：「我不會做這麼下流的事！」那麼，叫我做這麼下流的事又是誰呢？

話說回來，花錢讓別人來做骯髒的工作，也是合情合理。如果凡事都能自己解決的話，偵探就不用混飯吃了。

我在查資料這段時間，手機一直都連著充電器，已經充飽了電。手機的主人明明電量已耗盡，但美麻的手機畫面卻依舊明亮。

我打開通話ＡＰＰ，照順序一一撥打給上面的聯絡人。打了七個人都沒人接聽，這時，突然來了一通回撥電話。顯示聯絡人是伸也。是第一位聯絡人的名字，也許他就是我要找的人。我朝訊息紀錄掃了一眼，但上面的對話都已刪除，看不出他們兩人的關係。

「公主嗎？」

傳來一個惴惴不安的聲音。因為是從死者的手機打來的電話，會有這種反應也是當然。不過，這公主的稱呼是怎麼回事？

「我受美麻小姐的母親委託調查一些事。」

雖然不確定這樣的說明他是否能接受，不過，後來我和他見面，打聽到一些事。

「我不是她男朋友。」

在約見面的場所現身的，是一名眼睛細長的男生。目前就讀大三。以男生來稱呼一名成年男性是否妥當，這問題一時教人難以判斷，不過，他的年紀足足小我一輪。

「明明不是她男朋友，卻一起上賓館？」

我不自主地擺起了高姿態。面露怯色的伸也就像隻小狗一樣，莫名激起我的嗜虐心。

「妳為什麼知道……」

這過程順利得可怕。出現在通話APP最上面的名字，很可能是美麻生前最後聯絡的對象。我猜他可能就是和美麻一起上賓館的人，試著向他套話。

「美麻小姐還未成年……你如果說自己是她的前男友，這樣反而還比較說得通。」

「不，那是因為……不是這樣的。」

我不是她男朋友——他說這話的表情，似乎暗藏了某個複雜的情感。

他承認美麻自殺那天和她在一起，但除此之外，什麼也不肯多說。不管我再怎麼追問，他也只回一句「因為個人因素，恕我無可奉告」，守口如瓶。

還會有什麼個人因素比自殺的原因更重要？在出言威脅這名學生之前，我得先做一件事。我告訴他，會再跟他聯絡，接著獨自前往賓館。

雖然還不算是位於深山裡，但交通極度不便。這裡離每一座車站都很遠，從最近的公車站牌也要徒步走三十分鐘才會到達。雖然租車也是個方式，但自從之前我引發一場嚴重車禍後，便決定不再開車。

早知道就坐計程車了，我現在深感後悔。反正只要事後向麻子請款就好了，但因為擔心最後什麼也查不到，所以也就跟著畏首畏尾起來。

伸也說他接受過警方偵訊。

他當時明明人在自殺現場，為什麼現在仍舊行動自由？

麻子不知道他的存在。也就是說，這當中有些事瞞著沒讓死者家屬知道。

只要看過命案現場，或許就會知道些什麼。我走進二〇三號房。裡頭已清理得很乾淨，看不出美麻待過的痕跡。聽說上吊的現場清掃起來相當費事，難道有什麼特殊的打掃方法？

雜誌報導上提到，上吊地點是在房間中央。我站在同樣的位置環視房內。抬頭往上看，看到牢固的橫梁，確實很適合用來綁住繩索。這賓館外觀像西洋的城堡，但這部分的陳設卻不太講究，我反倒還挺喜歡的。

想到這裡，突然發現有件事不太對勁。上吊需要梯凳。如果撐得住體重，有門把那樣的高度也就夠了，不過，身為第一個命案現場發現者的賓館工作人員，在證詞中提到「死者吊在房間中央搖晃」。

我四處找尋可當梯凳的東西，但床鋪和室內擺設全都被固定住，看不到能搬動的東西。如果不是記者憑自己的想像亂寫的話，這當中存在著很大的矛盾。

難道她自己特地帶梯凳來嗎？

……原來如此，梯凳是吧。如果要自殺的話，有別人在場只會礙事。但為什麼美麻要帶伸也來這裡？他應該扮演了某個角色。照常理來推斷，他會阻止美麻自殺，但伸也卻沒這麼做。他們之間有特別的關係，他對美麻說的話完全遵從。即便是攸關性命的大事也一樣。

當真是絕對服從。原來如此，不是男朋友的關係，而是奴隸與女王的關係。

換言之，美麻以伸也當梯凳，上吊自殺。

這到底是怎樣的意圖？是生前最後的抵抗，還是基於某種尊嚴？她以女王的身分結束自己的性命。想像那幕悲壯的光景，就教人不寒而慄。我的調查結束，已經有結論了，再來就是離開這裡。但腳步無比沉重，回程多花了一倍的時間。如果可以，真希望可以不要回去。

因為接下來我要做的報告，並不是那位母親想要的結果。

以傳送的圖片製作「不存在的書」

圖片提供者　@Pany1214

宇山　電輔　**Densuke Uyama**

1995年出生於埼玉縣，高田大學經濟學院畢業。雖然在學期間通過專業麻將師資格考，但在大學畢業時，便從麻將界引退。隔年以《地下英雄》一書在夕榮社出道。作品大多是以追夢者重新振作為題材，而他也曾公開他自身的經歷，提到他在上大學前曾重考兩年，同時向各家出版社的小說新人賞投稿過二十多部作品。

9A76549999000

12B4560005009

FICT ¥714E

定価：本体714円（税別）

https://twitter.com/nonebook

プロゲーマー養成所を卒業した坂本真紀斗。かけがえのない仲間や負けられないライバル達と過ごした日々は大切な思い出となったが、ただそれだけだった。他人を魅了するような何かが自分にないと気付かされた二年間を噛みしめながらバイトに明け暮れる坂本にかつての恋人が言う。「人生にリセットはない」でもコンテニューなら。『もうそこにある未来』を描いた青春ゲーム小説。

坂本真紀斗從職業遊戲玩家養成所畢業。與無可取代的夥伴以及相互較勁的競爭對手們共度的那段時光，成為他珍藏心中的回憶，僅止如此。而在那兩年的時光裡，坂本發現自己根本沒有什麼吸引人的強項，如今他只能每天投入打工的工作中，回味昔日的生活。他之前的女友告訴他「人生不能重來」，但只要能continue就好了。描寫「未來就在眼前」的青春遊戲小說。

極限與上下

宇山電輔

坂本真紀斗沒能成為職業遊戲玩家。

他以日本第一個職業遊戲玩家養成所的第一屆學生身分，風光地進入養成所就讀，那已經是三年前的事。接下來那兩年，他廢寢忘食，全心投入重視效率和鬥志的尖端訓練中，忍受營運的醜聞和諸多財務問題，全部心思都用在遊戲上。

「嗨，辛苦了。」

坂本現在所站的地方，並非世界大賽的舞台，而是深夜的超商。每天固定時間運送商品，是坂本的工作。現在他的固定位置，是坐起來遠不如電競椅舒服的卡車駕駛座。在來往車輛稀疏的這個時段，當然是一個觀眾也沒有。

原本直覺就不錯的坂本，這一年來已習慣駕駛卡車，他原本纖瘦的手臂也長出肌肉，變得緊實。相貌也遠比以前顯得精悍，身心都相當健康，但他的昔日女友佐貴子卻說坂本以前不太健康的時候比較迷人。

鮮少和人接觸，可以專心投入工作中的深夜送貨駕駛，幾乎可說是坂本的天職，相當適合他。反覆同樣的行動，找出最佳答案的作業，愈是一再重複，愈覺得有趣。

所長也多次問他要不要成為正式員工，但每次他都沒答應。坂本心想，如果不是有心要回歸的話，馬上轉為正式員工也不錯。從日薪轉為月薪，收入比較穩定，還有獎金可拿。既然是同樣內容的工作，這樣肯定比較有利。

但他要是能做這樣的判斷，當初就不會玩電玩遊戲了。

送完貨的坂本，會將卡車開回營業所，然後改坐自己的車，這是他最近剛買的自小客車。他開車前往郊外的電玩遊樂場，往郊外的道路沒什麼車流。

剛開店營業的電玩遊樂場內人影稀疏。

——Insert coin (s)。

朝格鬥遊戲機臺投入硬幣後，開始對戰。他對面的座位沒人，對戰對手是網路上的某位玩家。當初坂本投入的領域是FPS（第一人稱射擊遊戲），但他在這裡向來都玩格鬥遊戲。他現在投入的程度就只是玩玩而已，用來娛樂剛好。不過憑著與生俱來的天分，他的等級一再提升，現在已打進上位。

坂本是在一年前從養成所畢業時失去了一切。不，或許更早。

他明白並非全員都能成為職業玩家。養成所第一屆的學生共三十人，當中有十名隸屬於養成所贊助商團隊，其他人則是等候外界邀約加入團隊。實際有十二個人以職業玩家的身分出道。

若以實力來說，坂本在三十人當中可擠進前五強，所以他萬萬沒想到自己竟然會落選。不過，贊助者要的是明星特質，或者是話題性。玩法比任何人都亮眼，而且不按牌理出牌的新手，或者原本是偶像的女性遊戲玩家會優先入選。當有一位八十五分的選手和一位八十分的選手，後者比較能吸引客人時，對團隊來說，選擇後者是理所當然的判斷。

他們也不是完全不會對玩遊戲的本領做出評價。事實上，本領達九十分以上的玩家全都獲選了。坂本就只是剛好兩邊都差那麼一點。

一早的電玩遊樂場，總會有特別厲害的傢伙在。

遊戲玩家往往都喜歡這種傳說。由於坂本害怕遇到老朋友，也沒在網路上和人交流，所以他的存在就像都市傳說一樣慢慢傳開來。

一些好事的遊戲玩家，前來確認傳聞的真偽，定期都會來這裡露面。不知不覺間，每天都會聚集五、六人，有人把它命名為「早晨極限俱樂部」。他們擅自將坂本奉為領袖，但坂本什麼也沒做。對話也都盡量減至最低，就只是每天早上來到電玩遊樂場，打上十幾場後再返家。

「原來你跑來這種地方當起了山大王啊……」

在組成俱樂部的半年後，某天起了變化。

坐坂本對面機臺的，是他昔日的競爭對手。是擁有九十五分以上的本領以及俊美外貌的職業遊戲玩家。他豎起一頭紅髮，散發出強烈的存在感和壓迫感。

「我看到你之前發布的消息了。恭喜啊。」

聽到坂本出言祝賀，男子沒回答。取而代之的，是以中段出拳來代替問候。

雖說此人是職業玩家，但其實本業是FPS。論格鬥遊戲，還是以每天都到這裡報到的坂本較有優勢……理應是這樣才對。

「可惡！啊！」

「……啊……啊，可惡！」

向來態度冷靜、用語客氣的坂本，不自主地叫出聲來，讓俱樂部裡的眾人大感詫異。

YOU LOSE

坂本的螢幕畫面閃爍。雖然心頭湧起不甘心的念頭，但臉上卻掛著笑容。

「看到你這樣的表情，我就放心了。你還沒死。」

我從來都沒死過。一直都是……

「如果你想回歸，我或許可以介紹團隊給你認識。」

這提議真教人感謝，但坂本搖了搖頭。他剛成為正式員工，而且剛開始和俱樂部裡兩位女性當中的一位交往，甚至考慮要結婚。

而更重要的是，自己已有一年多疏於練習，他不認為自己現在有辦法跟得上活躍於第一線的遊戲玩家們。

「你才是呢，等你哪天離開遊戲團隊，記得告訴我一聲。我會介紹工作給你。」

坂本是打從心底覺得電玩遊戲很快樂，所以明天一樣可以過日子。

下次我一定要痛宰你一頓。

以傳送的圖片製作「不存在的書」

圖片提供者　@tantei1427

六葉文庫

禄田　春馬　**Haruma Rokuda**

2000年出生於靜岡。2018年以《七倍酸梅便當定價五百圓》贏得六葉大賞優秀賞，就此出道。他那以滑稽耍人的寫作風格博得高人氣，之後的《請勿在此吃便當》、《便當上需要幾粒黑芝麻？》便當系列，也宣布要拍成動畫與劇場版。

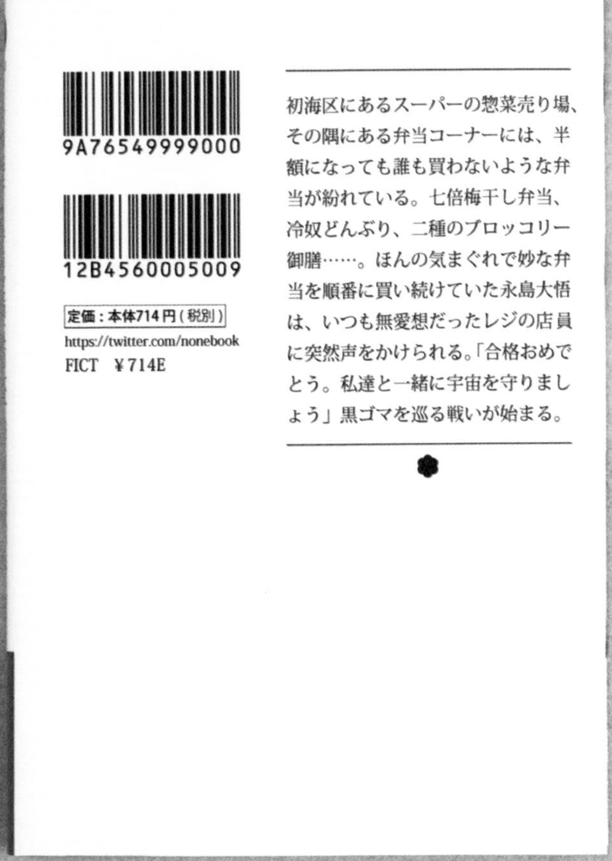
9A76549999000
12B4560005009
定価：本体714円（税別）
https://twitter.com/nonebook
FICT ￥714E
初海区にあるスーパーの惣菜売り場、その隅にある弁当コーナーには、半額になっても誰も買わないような弁当が紛れている。七倍梅干し弁当、冷奴どんぶり、二種のブロッコリー御膳……。ほんの気まぐれで妙な弁当を順番に買い続けていた永島大悟は、いつも無愛想だったレジの店員に突然声をかけられる。「合格おめでとう。私達と一緒に宇宙を守りましょう」黒ゴマを巡る戦いが始まる。

位於初海區的一家超市內的熟食賣場，角落有個便當專區，裡頭摻雜了幾個就算半價也沒人會買的便當。有七倍酸梅便當、冷豆腐丼飯、兩種花椰菜便當……永島大悟一時心血來潮，不斷依序買下這些奇怪的便當後，向來都態度冷淡的店內收銀員突然主動向他搭話。「恭喜你合格了。我們一起守護宇宙吧。」與黑芝麻有關的戰鬥就此展開。

七倍酸梅便當定價五百七十日圓

祿田春馬

告訴你一個我珍藏的秘密。

你住的市街有超市嗎？如果有，應該會有便當專區。如果裡頭有奇怪的便當，你要持續購買。這將成為一種信號。如果能展現出你的好奇心，你或許就能看到一個和過去截然不同的世界。

以他的情況來說……永島大悟也是如此。

永島大悟第一次遇到的便當，名稱是「七倍酸梅便當」。誠如其名，是裡頭放的酸梅分量比一般高出七倍的便當。他第一次拿起便當時我也想過，他可能只是剛好喜歡吃酸梅。過去我也曾像這樣誤判過幾次。

我決定先觀察一陣子。隔天他結束警衛的工作後，順道繞往超市一趟，拿起「兩種花椰菜便當」。他也許真的是我們要的人。不，這時候切忌心急。他可能是那種喜歡以綠花椰菜和白花椰菜當便當配菜的日本人。

我持續觀察。他隔天吃的是「冷豆腐丼飯」。太好了，真的沒騙人。永島大悟的好奇心強烈，他生性喜愛追求樂趣，而非安穩。我們的工作要交付的對象，就屬他這樣的人最適合。

「恭喜。」

我在收銀櫃檯向永島大悟喚道。我們假扮成店員站在收銀櫃檯，我將自己的容貌調整成永島大悟最可能感興趣的模樣，也就是年約二十五歲的女性。

「你合格了。我們一起守護宇宙吧。」

根據地球的文獻記載，第一次見面如果顯得唐突，之後比較能適應，於是我盡可能擺出充滿魅力的笑臉。

但他就只是回了一句：「啊，抱歉。我不需要購物袋。」便接過商品，快步離去。

可能是不夠震撼吧。對永島大悟這種好奇心旺盛的人類，如果只是一位容貌秀麗的異性，吸引不了他的興趣。為了更加激起他的關心，我決定刻意不變身，試著和他說話。

永島大悟在自己的房間裡吃著冷豆腐丼飯。現在這時候正合適，我們從衣櫥裡現身。

「永島大悟，我們有事想拜託你。」

看到我們突然出現在眼前，永島大悟嚇得瞪大眼睛。因為有個色彩鮮豔的正立方體突然開口跟他說話，會有這種反應也是理所當然。

「咦，什麼？要拜託我什麼？」

他果然適任。如果是一般人，就算尖叫逃離也不足為奇。但他卻試著想與我們溝通，人類就應該這樣才對。

「你知道宇宙正慢慢變得稀薄嗎？」

我一面將身體調整為人形，一面展開對話，看來這次會成功。

「你說變得稀薄，指的是宇宙膨脹嗎？」

哦，還具有相當的知識是吧，愈來愈令人滿意了。為了守護宇宙，需要好奇心和智慧。

「沒錯，如果繼續放任不管，宇宙會愈來愈稀薄，最後消失。為了加以防範，我們正在廣招同伴。」

我的身體逐漸化為人形，就此坐向桌子旁。因為沒有體重，所以不需要坐墊。

「咦，妳是剛才的店員？」

「為了不讓宇宙變得更加稀薄，我希望你能下錨。」

我的膚色從粉紅和綠色斑駁的顏色，變成淡褐色。這樣外觀看起來就像人類了。

「你可曾在街上目睹過不可思議的光景？」

「不可思議的光景……？」

「不管清理再多次，還是會有單隻手套掉落的路面」、「為地藏王準備的丸子，隔天變成了馬卡龍」、「飯店的自助式早餐，一個裝得菜色豐富的盤子，擺在沒人坐的桌子上」。

雖然只是個小例子，不過，這就是錨。喏，你也看過對吧。
「只要有錨，就會對此產生興趣。這樣的興趣相當重要，它能留住宇宙。也就是說，它能暫時抑制宇宙變得稀薄。」
「哦。」
就算無法理解，但只要你願意協助就行了。只要你持續工作，就能提供足以供你生活的資金，而最重要的是，這麼做有它的意義在。
「我們的工作，就像是便當裡的黑芝麻。讓便當看起來像便當的關鍵，既不是配菜，也不是白飯，而是黑芝麻。」
我自以為這句話說得很有道理，但永島大悟卻不認同。
「嗯，雖然聽起來很有意思，不過……我也很喜歡我現在的工作。」
竟然拒絕比當美國總統更意義重大的工作……
「真的不行嗎？」
我運用我的容貌，最後試著再向他確認一次，但完全沒半點效果。
「我明白了。我們有規定，不會強迫對方接受。」
人類的大腦，我們隨時都能操控，但如果不是他自己思考後創造出的錨，能發揮的效果連十分之一都不到。

「後會有期。」

我其實也可以安分地從大門離去，但最後我還是戲弄了他一下。我揚起煙霧，散發強光，瞬間從現場消失。

「哇。」最後只聽到永島大悟往後仰身大叫一聲，我的觀察就此結束。

這次最後得到的結果令人深感遺憾。原本對他期望很高，所以失望也大。所以當我們出現在你面前時，如果你能對我們微笑點頭，我們會感到很欣慰。

因為開口邀約卻被拒絕，還是不免會難過。

以傳送的圖片製作「不存在的書」

圖片提供者　@marumeta0524120

岬　美咲　Misaki Misaki

出生年分未公開，出生於東京都港區。2000年贏得小號戀愛小說新人賞，就此出道。在宣傳新作時會免費公開舊作品，這種宣傳手法頗獲好評，在高中生之間擁有超高人氣。因為曾三度離婚，而以戀愛專家的身分展開戀愛諮詢室連載，但由於她外遇和橫刀奪愛的情況也屢見不鮮，引來不少批評，認為對高中生而言，接觸她的言論尚嫌太早。

9A76549999000

12B4560005009

定価：本体714円（税別）
https://twitter.com/nonebook
FICT ￥714E

雨が待ち遠しいのは生まれて初めてだ。第一志望に落ちて少し遠い高校に通うことになった新沼カケルは雨のバス亭で女子生徒と出会う。カケルが落ちた高校の制服を着ている彼女は「普段は自転車なの」と、雨の日だけバス停にやってくる。同級生になったかもしれない彼女と会話を交わし、少しずつ距離は縮まっていたが、その関係にも終わりが近づいていた。──もうすぐ、梅雨が明ける。

有生以來，第一次這麼引頸期盼降雨。沒考上第一志願，而到路途較遠的高中上學的新沼翔，在下雨天的公車站牌邂逅了一位女學生。女學生穿著翔沒考上的那所高中的制服，說她「平時都是騎單車上下學」，只有在下雨天才會到公車站牌來。與這位可能和自己同屆的女學生交談後，兩人逐漸拉近了距離，但這樣的關係也即將告終──因為梅雨季即將結束。

期望梅雨不要停

岬美咲

下雨的日子，光是要將蜷縮的劉海梳直就得花不少時間。順髮用的噴霧劑發揮不了效果。或許這不是睡醒後亂翹，而是我原本就是這種髮型。沒辦法，只能用離子夾仔細將它夾直。這離子夾是我姊姊的，所以我在使用時得特別小心，不能讓她發現。

我曾因為討厭鬈髮，而自己將劉海剪掉，結果朋友指著我笑個不停。

我那位朋友，今後和我分屬不同的學校。以前的好夥伴，都到地方上最好的升學學校松野高中就讀，只有我沒考上那所高中。

我目前就讀的竹柴高中，其實也不是多差的學校。就只是我自己不想去念而已。入學至今已過了兩個月，我結交了新朋友，也參加了社團，過得還算快樂。但我還是覺得不滿意。當中最令我不能接受的，就是上下學搭公車得花上三十分鐘。如果當初考上第一志願，騎單車應該花不到十五分鐘，每次早起，我都忍不住會想到我那消失的三十分鐘睡眠時間。

就算是早上的時段，公車還是一樣二十分鐘一班，一旦錯過一班，就非遲到不可。為了謹慎起見，我得提早五分鐘先趕到公車站牌。

——今天明明下雨，她卻沒來。

這或許是鄉下的公車站牌特有的現象，有遮雨棚和長椅，所以大家會坐在長椅上等公車。最近每到雨天，就會有個女生坐在這裡，讓我感到在意。

我坐上公車後，打開英文單字本。今天是英文小考的日子。我實在提不起勁背單字，就此望向窗外，發現那名女孩正跑在後面追我們這輛公車。

我猶豫了幾秒後，站起身向司機先生喚道：「請等一下。」

「還有人要上車。」

我只說了這麼一句，那位有點年紀的司機先生就像在說「真拿你們沒辦法」似的，便放慢車速。公車停下，那名跑得氣喘吁吁的女生走上車。

「車輛行駛中請勿站立。」

司機用車內廣播警告我注意。

「對不起。」

我坐下後，那名一路跑來的女生坐向我隔壁。旁邊多的是空位。

「謝謝你。幫了我一個大忙。」

「哪裡，我只是想，要是遲到的話一定很麻煩。」

我只想得出這個很理所當然的回答。女子從書包裡取出手帕擦汗。我覺得這一幕不該看，便轉頭望向窗外。這次可就沒看到別人在追車了。

她說她叫岩倉里美。

她那一頭及肩的長髮，又順又直，明明是在雨中，卻讓人感覺不出有溼氣。

和我展開幾句生硬的對話後，她按下停車鈕。和我在不同站下車。

第一次看到她時，我看她身上的制服就明白。這一帶穿褐色西裝外套的，就只有一所學校。她是松野高中的學生。

換言之，我和她同屆。

之後，每次下雨天，我們就會在公車站交談。在公車站等公車時，聊上幾分鐘，在公車內再聊上幾分鐘。與念同一所學校相比，這樣的時間實在太短了。

不過，要是每天都像這樣打照面，自然就會混熟。正好最近梅雨季剛開始，連日陰雨綿綿。

「我向來都騎單車，但要是下雨天還騎車，會感冒的。」

松野高中好像有位自然科老師，不管雨下再大，也都會穿上雨衣騎單車通勤。聽說松野高中不論是老師還是學生，有怪癖的人都不少。

因為在同一處公車站等車，所以岩倉就住這附近。她和我家隔了一條大馬路，所以我們國中的學區也不同，但生活圈相當近。我們過去似乎在渾然未覺的情況下，有多次差點不期而遇。

「學校禁止抹防曬，你不覺得很過分嗎？」

松野的校風似乎比竹柴自由。我聊到我們學校奇怪的校規後，她秀眉微蹙。岩倉很在意曬黑，聽說她不論是騎單車上下學，還是上體育課，都一定會抹防曬。

「小學時我混在男生裡面打棒球，所以總是曬得像木炭一樣黑。」

「哦，有點難以想像。」

那天因為我擅自使用離子夾的事被姊姊發現了，所以沒辦法用它將劉海夾直。岩倉看我用手將劉海拉直，噘著嘴說道：「這樣鬈鬈的，明明就很可愛。」還說她其實想去燙髮，但父母不同意。

被女生說可愛，我當然不能接受。

但不知為何，那天我就連上最討厭的數學課，心情也一樣很好。

這樣的好心情，一直持續到隔天早上看電視新聞播報氣象預報為止。

「梅雨季終於結束了。」

新聞主播和氣象播報員開朗地說著這件事。我都忘了，雨總有停的一天。

我和昨天一樣走向公車站牌，但在那風和日麗的風景中，不見岩倉的身影。

我獨自走上公車。公車內和平時一樣空蕩蕩，最後排的座位顯得特別寬敞。

關上車門，正準備開車的公車，突然一陣搖晃，陡然停下。一度關上的車門再度開啟，岩倉衝上車。

「謝謝！」

她向司機道謝，來到我身旁，讓我看她掛在書包上的卡片。

「嘿嘿，我買了公車定期票。」

看來，這梅雨似乎還會再持續一陣子。

以傳送的圖片製作「不存在的書」

圖片提供者　@dekakinb

第七夏季の男
Seventh summer man
CHIKA 大場近夏 DAIBA
SAKETOKE BOOK
酒解文庫

大場　近夏　Chika Daiba

出生於山口縣阿武町。西部中央大學哲學系畢業。喜愛文字遊戲和冷笑話，許多作品都是刻意以迴文的方式來寫短篇故事。也精通雙向圖，《勝訴與無罪》一書便是採用自己創作的雙向圖當封面，雖然繪畫技巧極高，卻銷量不佳，他本人說「再也不這麼做了」，就此永遠封筆。

9A76549999000
12B4560005009
定価：本体714円（税別）
https://twitter.com/nonebook
FICT ¥714E
大手食品加工会社に勤める聞部武文は「八月でこんなに暑いなら、十二月はどんだけ暑いんだろうな」というカビの生えたユーモアで周囲を困らせる課長が苦手だった。毎年お決まりのジョークのはずがなぜか課長の顔に笑みがない。そして迎えた十二月、気温は五十度を超えた。外出禁止令を無視して、聞部は何かを知るはずの課長を探すため屋外へ踏み出した。灼熱のなか心も溶け……。

在大型食品加工公司上班的聞部武文很怕與課長應對，因為課長老愛以「八月就這麼熱的話，十二月不知道會熱成什麼樣呢」這種老掉牙的幽默，讓周遭的人不知如何回應。而每年固定都會講這個笑話的課長，不知為何，臉上失去了笑容。而接著到來的十二月，氣溫竟然飆破五十度。聞部認為課長應該知道些什麼，因此無視禁止外出的命令，為了找尋課長而走出戶外。在熾熱下，他連內心也為之融解……

第七夏季之男

大場近夏

「八月就這麼熱的話，十二月不知道會熱成什麼樣呢。」課長的渾濁嗓音在安靜的辦公室裡響起。一如往常，沒人有反應。

但只有聞部覺得不太一樣。

課長的表情無比認真。講這種冷笑話是課長的拿手絕活，就算聽了也沒人笑，但課長自己卻「哇哈哈」地笑個不停，然後尾音逐漸消失，這已經是慣例了。

尾牙端上桌的火鍋，他一路吃到最後，連雜燴粥也吃完後，總不忘說一句：「接下來我可以三個月不用吃飯了。」

他還對一位開始養第三隻貓的部下說：「如果以這個速度增加下去，十年後，你的房間就會被貓淹沒了。」

這只是過去課長說過的一小部分經典名言。沒人有反應也是理所當然，這不是有趣或無聊的問題，而是不知該如何反應。

聞部感到在意，回家時向同事美智惠詢問：「妳會不會覺得課長今天怪怪的？」但她卻偏著頭應道：「他說過那樣的話嗎？」似乎連聽都沒聽到。

其實聞部有個古怪的嗜好，他會把課長開的玩笑話一一寫在記事本上。他很在意課長說的玩笑話。如果問他聽了是否覺得愉快，那肯定是不愉快所產生的一種情感，但說來也真不可思議，在抄寫的過程中竟漸漸產生一種親近感。

而古怪的事就發生在那年冬天。

九月還是有可能長時間秋老虎發威。但眼看來到了十月、十二月，氣溫非但沒降，甚至還持續飆升。

連日來原因不明的炎熱天氣，就連新聞也爭相報導。學者、評論員、藝人，人們都爭相說出自己的猜想，但全都沒說中。

由於有空調，所以躲在室內還勉強能承受，但那酷熱的天氣，只要朝屋外踏出一步，恐怕馬上就會被蒸熟送命。最後，厚生勞動省終於開始要求民眾禁止外出。

民眾裝設冷氣的需求大幅提高，但作業員中暑昏倒的事故頻傳。

儘管處在這種狀況下，公司還是努力想繼續營業。聞部他們公司已有好幾家工廠停工，這無疑是重創。經營高層連日召開會議，但最後連會議室的空調也故障了。

由於公司處在這種狀況下，能承接的工作愈來愈少，最後上頭下令他在家待命。

坦白說，他家中的空調開始傳出怪聲，所以他寧可待在空調都有定期維護的辦公室裡還比較放心，但既然是上頭的命令，也只能遵從了。

在這樣的氣溫下，甚至不能隨便上超市採買，要買生鮮食品絕對少不了保冷箱。囤購了一定數量的食物，一味地待在家中，這樣的生活持續了好一陣子。

來到耶誕節這天，氣溫終於突破了五十度。

電視除了新聞外，其他節目都是重播。網路也因為各地的伺服器異常而頻頻斷線。

由於待在家中實在悶得慌，他開始翻閱起記事本，結果發現了一個可能性。

當然了，聞部也不是光憑一句話就認定課長開的玩笑話與氣象異常有關。課長是位平凡無奇的中年大叔，要他當拯救世界的英雄，這擔子未免也太沉重了。

聞部之所以認為課長說的話與氣象異常有關，是因為過去也發生過類似的事。

六月的梅雨季，今年雨特別多，有將近一個月的時間沒看過放晴。

「要是一直這樣雨下不停，椅子會發霉的。」

當時課長也是一本正經地說道。換言之，他並不是在開玩笑。結果隔週真的發霉，整個部門一陣譁然，當時就只有課長自己一個人臉上掛著微笑。長霉的地方連同課長的椅子在內，共有七處。有人說，這都是冷氣風吹不到，溼氣容易淤積的位置，但這七人的座位分處不同的位置，而且課長的座位就在冷氣口正下方。

就算大樓的管理業者前來修理空調，也查不出原因。後來辦公室裡裝設了好幾臺大型除溼機。

也許現在發生的情況和當時一樣。

他查看公司的行事曆，得知今年的最後一個工作日是二十六日。管理幹部現在應該還是奉命繼續到公司上班，堅守崗位，所以課長應該人在辦公室才對。

聞部打電話到公司，果然是課長接的。

「之前您說十二月會非常炎熱對吧？那是預言嗎？」

「咦？你在說些什麼啊，那當然是開玩笑的。」

結果隔天一切都恢復了原狀。

來到公司後，課長和平時一樣待在辦公室裡。也許他完全沒發現，是他說的話引發這些怪異現象。

從今天起，讓我們以煥然一新的心情，重新投入工作中吧——就在這談話內容四平八穩的朝會進行到一半時，突然發生地震。

「啊，地面在搖晃。」

美智惠說道。

「還在搖。持續真久……」

「哎呀，晃得很嚴重呢。震度大概有一百吧。」

一聽到這句話，我驚訝地望向課長。只見課長臉上沒帶半點笑意。

以傳送的圖片製作「不存在的書」

圖片提供者　@1V6a0CscXdJUmTE

木左　天仁　**Amahito Kisa**

1989年出生於大阪，隸屬於DNB集團。2002年以《福劇場歡樂的人們》一書打進第一屆全日本全球虛構隨筆大賞最終候選作品，並以該書出道，以無比開朗的寫作風格博得高人氣。在用作家身分出道前，曾到搞笑藝人養成所上課，也著手寫搞笑短劇的腳本。當時的藝名為「桃木三太夫」，同期的夥伴有漫才二人組「飛彈男孩」、「天滿」以及單獨表演藝人「大西智也」等人。

9A76549999000

12B4560005009

定価：本体714円（税別）

https://twitter.com/nonebook

FICT ￥714E

異変が起きたのは、気温が下がり雪虫が舞うようになった日だった。常軌を逸した量の丼を出すので有名な定食屋『サラダ亭』で一番カロリーが高いサラダ丼を完食する者が現れたのだ。しかも一人ではない。毎週木曜に四週間連続なのだ。サラリーマン風の男や水商売風の女など、風貌はバラバラだが、底知れぬ食欲は共通していた。彼らは一体何者なのか？　町をあげての調査が始まる。

在氣溫下降，雪蟲*漫天飛舞的日子，出現了異象。素以推出分量多到爆的丼飯聞名的定食屋「沙拉亭」，竟然有客人將店內熱量最高的沙拉丼飯全部吃完。而且不光只有一個人。接連四週，每週四都有這樣的客人出現。分別是上班族模樣的男子、風塵味很重的女人等，樣貌都不同，但唯一的共通點就是深不見底的食欲。他們究竟是何方神聖？傾注全鎮之力的調查展開了。

* 生長於日本北方，常出現晚秋，靠吸取植物的汁液生存。

空腹連峰

木左天仁

「應該不可能全部吃完才對啊……」

在氣溫明顯下降，讓人明白冬天已到來的這天，商店街唯一的定食屋「沙拉亭」的老闆大野，頻頻偏著頭大感疑惑。

「一定只是湊巧啦。湊巧。」

回答的人是洗衣店老闆。沙拉亭也供應咖啡，所以商店街上的人們都會把這裡當咖啡廳，在這聚會。而這天，七名店老闆也在此齊聚一堂。

「怎麼可能會有這種偶然。那可是沙拉丼飯耶。」

沙拉丼飯是沙拉亭的招牌特餐。雖是這樣的命名，但這道餐點簡直可說是熱量怪物，得用雙手才捧得起來的超大碗公，上頭塞了滿滿的白飯，再加上多樣配菜。儘管要價一千日圓，但裡頭有薑汁燒肉、日式豬排、漢堡排、唐揚炸雞，是將店裡所有菜色全擺上去的超豪華餐點。

粗估要四～五人才有辦法吃完的這份丼飯，竟然有客人一個人就將它吃個精光。而且前後來了四位。

「取消那項餐點不就好了嗎？當初是為了上電視才刻意準備的，結果電視臺的人根本沒來過。」

電器行老闆以粗魯的口吻說道。

「那位全部吃完的客人長什麼樣子？」

「一開始是一位像上班族的年輕男子，他若無其事地整碗吃完，所以當時我還很佩服地對他說，你這麼瘦，沒想到這麼能吃，請他拍張紀念照，但被他拒絕了。」

原本心想，年輕男子的話，就算吃得完也不是不可能的事。但隔週怪事接著發生。

「接著來了一位濃妝豔抹、風塵味很重的女人。然後是一位穿著灰色連帽T，看起來像大學生，模樣淳樸的小哥。最後竟然是一位身穿水手服的女高中生。這四人依序出現，每次吃光後便離去。」

聽大野這樣說明，其他店老闆們也開始偏著頭說道：「這樣確實奇怪。」

「要不要試著跟蹤看看？」

提議的人是舊書店老闆。這傢伙可能是從以前就整天看書，想法才會這麼不合常軌。

「怎麼可能這麼做嘛。」大夥一笑置之，這天就這樣解散。

點沙拉丼飯的客人一定都會在星期六中午現身。

要是這禮拜又出現的話，該怎麼辦？正當沙拉亭老闆為此做好心理準備時，沒想到真的就出現了。是上班族模樣的男子。果然點了沙拉丼飯。老闆感到好奇，從廚房偷瞄對方的情況，但當他在準備其他客人的餐點時，男子不知何時已經消失不見。

「孩子的媽，妳顧店一下！」

「啥？你在胡說什麼啊？」

他朝那名結完帳走出店外的男子追去，不自主地衝出店外。

有生以來第一次在人後面尾隨，沒想到這麼簡單。因為這是他熟悉的商店街，他知道有很多地方可以藏身。他活用自己對周遭地理環境的了解，一路跟蹤，看著男子消失在一棟公寓裡的某個房間。

賣舊書的，你叫我這麼做有什麼意義啊。他心裡抱持著這樣的疑問，反覆展開三次跟蹤。他自己也做好心理準備，萬一對方報警，肯定沒辦法解釋清楚，好在最後沒被發現。事實上，第四次的尾隨根本稱不上尾隨，因為他早猜到對方會前往何處。四次全都去同一個地方。他們全都回到同一處公寓。

他們究竟是何方神聖？

他惴惴不安地按下門鈴。既然這樣，乾脆豁出去了。只能向當事人問個清楚了。

「這麼多人都吃得完沙拉丼飯，這教我怎麼接受。」

公寓的房門開啟，走出一位像大學生的男子。

「來嘍。」

對方一臉納悶地望著身穿廚師服衝出店外一路尾隨的大野。雖然去過店裡幾次，但男子似乎還沒記住定食屋老闆的長相。屋內還有那位上班族、風塵女子、穿水手服的女學生，這三個人也都在。

「啊，是沙拉亭的大叔。」

那位風塵女子一見大野，大聲說道。

「沙拉丼飯！」

三人圍坐的餐桌上擺著沙拉丼飯。今天應該是這位穿水手服的女學生才剛到店裡用過餐……

「你們兄妹長得真不像。」

聽聞內幕後，大野說出心中感想。

據他們所言，這四人會依序到店裡點沙拉丼飯，但只是假裝用餐，其實是在桌下把飯裝進保鮮盒帶回家。四個人分食這可供四個人吃的餐點，這樣當然吃得完。

他們兄妹是今年夏天才搬來這裡。連同念高中的妹妹在內，只有他們兄妹四人在此生活，背後應該有他們的苦衷。

「你們兩位哥哥姊姊不是在工作了嗎？這樣經濟壓力還是很大嗎？」

「因為還有助學貸款要還……」

「原來助學貸款這麼吃重啊。」

四人全部一起點頭。就連假日也還穿著制服，可見他們經濟壓力真的很沉重。

「我明白了。那以後我不推出沙拉丼飯了。」

四人皆因絕望而臉色一沉。不，他們四人平時都無法吃外食，沙拉丼飯是他們一週僅止一次的享受，沙拉亭老闆不能就這樣奪走他們的樂趣。

「不過，從下次開始，不論是漢堡排定食，還是薑汁燒肉定食，想吃什麼，我都會讓你們吃個夠。一個人只要兩百五十日圓！」

四人臉上表情頓時為之一亮。

身穿水手服的么女開心地說：

「那麼，我要吃三明治！」

以傳送的圖片製作「不存在的書」

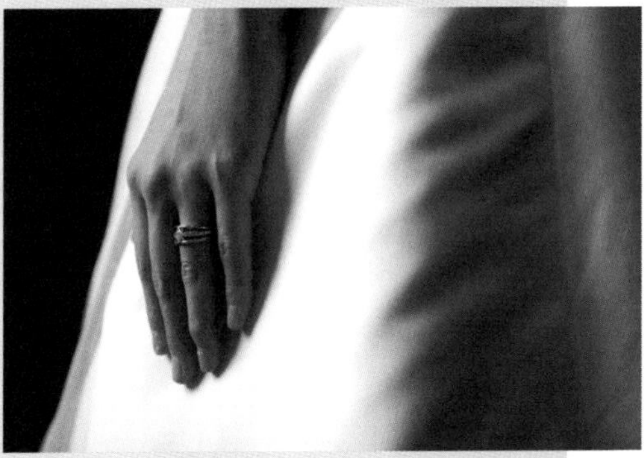

圖片提供者　@coroQ_happytime

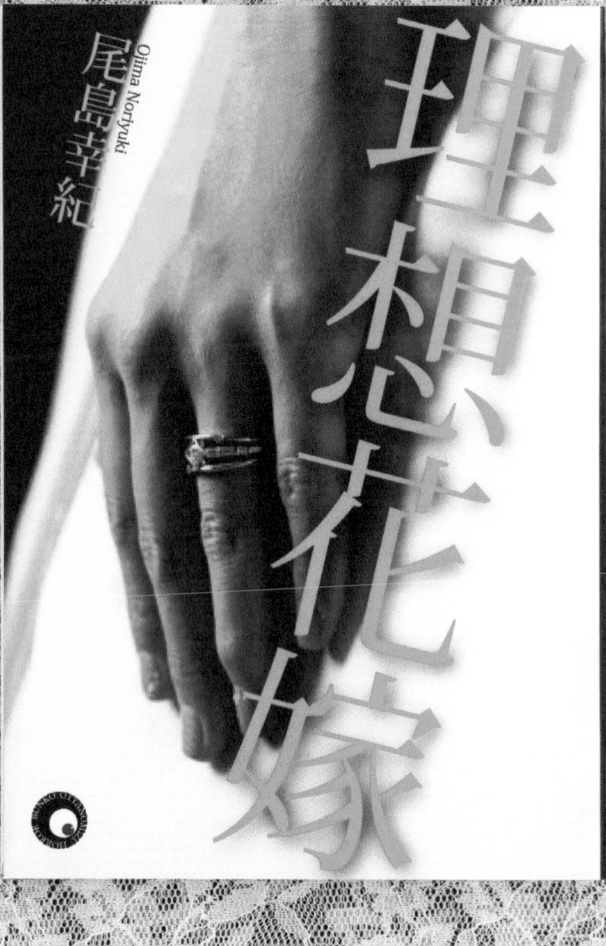

尾島　幸紀・Yukinori Ojima

1972年出生於愛知縣。膝掛大學炒飯學院畢業後，在食品公司上班。1992年以《全都是聖誕老公公的錯》贏得小谷美奈子愛情＆驚悚大賞，就此出道。以《理想臟器》展開的＜理想系列＞，在各種排名企劃中都位居高位，該系列的第二部作品《理想新娘》也拍成電影，成為暢銷書。是目前最受期待的驚悚小說界的旗手。

9A76549999000
12B4560005009
定価：本体714円（税別）
https://twitter.com/nonebook
FICT ￥714E
結婚相談所に登録した四十路男・花道大介。「当サービスではどのような希望も叶えることが可能です」。言葉通り、身長・体重・容姿・性格・食の好み・住みたい街まで全て希望通りの女性を紹介された。結婚生活のなかで強い違和感を抱いた花道は相談所の地下に案内され、培養された肉の塊に直面する。「それでも俺は妻を……」造られた生命との新婚生活が始まった。新感覚ホラー第二弾。

花道大介，在婚姻介紹所登記的四十多歲男子。「本服務能實現您的任何願望。」確實如這句話所言，他們介紹給他的女性，從身高、體重、容貌、個性、對食物的偏好，乃至於想居住的市街，全都符合他的期望。在婚姻生活中強烈感覺到不對勁的花道，被帶往婚姻介紹所的地下室，直接面對裡頭培養出的肉塊。「就算是這樣，我還是想要有妻子……」他就這樣與人工創造出的生命展開新婚生活。新感覺驚悚小說第二彈。

理想的新娘

尾島 幸紀

1

為你送上理想的新娘。

我並不是被這種廣告文句騙來的。之所以會造訪「幸福創造」這個可疑的婚姻介紹所，是因為同事松岡大力推薦。

「你也差不多該結婚了吧。」

不久前還在感嘆自己會打一輩子光棍的松岡，某天突然說：「我結婚了。」上司和同事們聽到他這突如其來的消息，全都驚訝不已，一開始還懷疑是不是在開玩笑。

但是看松岡一臉認真，明白此事似乎不假後，公司上下再度大受衝擊。

松岡是個好人。但要感受到他的魅力，需要一點時間。他完全沒跟我提過「我有喜歡的人」或是「我交女朋友了」，突然一下子就決定要結婚，令人既意外，又震驚。

聽說沒舉辦婚禮，直接就登記結婚。很想炫耀的松岡讓我們看照片，照片中的女性非常迷人，而在她身旁面露微笑的松岡看起來幸福洋溢。

我自從七年前和女友分手後，連和異性單獨用餐的機會也沒有。原本我認為就一直維持這樣也沒關係，但松岡那放鬆的笑臉極具說服力，足以改變我原本的想法。

2

「歡迎來到幸福創造。」

那位負責接待我、長得像管家的負責人，我心裡暗自替他取了「管家」的綽號。替人取綽號，是向來記不住別人臉蛋和名字的我所想出的巧思。附帶一提，松岡的綽號是毛球。

對方領我來到一組高級沙發前，坐起來的感覺很特別。內部裝潢也砸了不少錢，感覺就像高級飯店的大廳一般。這棟住商混合大樓的三樓空間裡，竟然是這樣的陳設，想必任誰也料想不到吧。

「您想要怎樣的對象呢？有什麼需求請儘管說。用不著顧慮，也不必妥協。」

我沒什麼特別的偏好。就算回想以前交往過的三位女友，也找不出什麼共通點。有年紀比我大的，也有比我小的，頭髮長度、膚色、穿衣品味也都不一樣。

不過，在我們持續談話的過程中，漸漸呈現出清楚的形象。像身高、體型這類的外貌，怎樣才算理想，怎樣是理想的愛好、嗜好、個性。原本我認為，只要能相處融洽，對象是誰都好，但交給專家來安排後，頓時跑出許多條件來。

管家巧妙地從我這裡問出女性的條件，同時輸入手中的平板電腦中。

「那麼，我們會在兩個禮拜內替您準備好。」

原本滿心以為他會當場替我搜尋介紹。我對他說出心裡的想法後，他笑著道：「我們的技術還不到那個程度。」或許他認為我是急於結婚，而沒能了解周遭的情況。

3

兩個禮拜的等候時間，能充分讓人冷靜下來。只要平心靜氣，客觀地審視自己，就能清楚說出理想對象的條件是什麼。要再次和管家見面，實在有點難為情，因為他知道我對異性的偏好，這連我父母和朋友都不知道。

「我已恭候多時。」

管家若無其事地前來迎接我。不愧是專家，早習慣這種場面。

「您的對象已在裡面。」

經詢問後得知，對方已經在裡頭等候，這樣的展開比想像中還要迅速。我沒聽說是這樣的情形，所以只穿便服就來了，而且也沒做好心理準備。

正當我想向管家抗議時，那名女子的身影映入我眼中。

「您好。」

我一眼就認出來了，包準是她沒錯。沒必要替她取綽號，只有她周遭的亮度和彩度特別高，看起來猶如散發著光輝。這是怎麼回事，難道這就是所謂的一見鍾情嗎？

一頭烏黑的鮑伯頭。細長的雙眼給人知性的印象，但笑起來又不失親切感。肌膚晶瑩透亮，身上穿的黑色毛衣，更加襯托出她的白皙。身高約一百六十多公分。由於手腳都很修長，所以看起來比實際身高還要高。

一切都和我的理想形象一樣。

唯一和我傳達的理想不一樣的地方，在於她臉上有顆顯眼的黑痣。就位於左眼正下方，相當於左臉頰中央的位置，但那又怎樣。這樣反而散發一股神秘感，增添不少魅力。

「怎麼了嗎？」

管家拋下腦中一片混亂的我，就此離去。

「她是您的對象。那我今天就先告辭了。」

意思是接下來要讓我們兩個年輕人獨處嘍？

「請多指教。」

女子見我一臉慌亂，呵呵輕笑，那模樣一樣可愛。

「請、請多指教。」

接下來就像做夢一樣，我們度過一段美好的時光。雖然我想出的約會計畫了無新意，但她完全沒抱怨，顯得很樂在其中，重點是我自己也玩得很開心。我有生以來第一次有這種體驗。

我們很快便決定要結婚。

我前去向管家報告這件事，他向我開出案件成功的報酬，金額和舉辦一場豪華婚禮差不多。但是和這場邂逅相比，錢的事根本不值一提。

我理想的婚姻生活就此展開。

4

婚後過了半年左右，開始起了變化。

畢竟是要一起生活，像飲食偏好的差異、對空調舒適度所做的溫度設定差異，或是為了一些瑣事而爭吵，是可以預見的，我也早做好心理準備。然而，妻子的喜好全部和我相同，我一直都照著心中的理想享有舒適的生活。

所謂的變化，並不是一般夫婦間發生的摩擦。

而是關於我妻子的身體。她臉上的痣由黑轉紅，接著一週後，變成藍色，而四週後，變成了綠色。我一再告訴她，應該去看醫生，但她卻說，唯獨看醫生這件事她沒辦法配合，拒絕了我。

我找毛球商量，他對我說，你應該找幸福創造尋求協助。

「他們會提供售後服務。」

他們又不是醫生，我不認為他們會有辦法。儘管半信半疑，但還是約了時間找管家諮詢，他聽了之後臉色大變。

「看來是瑕疵品。要更換嗎？」

「更換？」

我一時懷疑是自己聽錯了。更換妻子？

「您沒從松岡先生那裡聽說嗎？」

他可能是沒料到我會有這種反應吧。管家的表情為之一沉。

「很抱歉，看來是我漏了這項重要的說明。」

他帶我來到大樓的地下室。與潔淨奢華的三樓不同，這裡水泥裸露，潮溼陰暗。

「這是您妻子的故鄉。」

故鄉。與這句給人溫暖感覺的話語有極大落差的光景呈現眼前，令我說不出話來。

「可是這……」

眼前是培養液和肉塊。宛如噩夢般的光景。現代技術有辦法做到嗎？

「我們幸福創造專門負責藉由人造生命來創造結婚對象。」

據管家所言，他們也常做廣告，已慢慢對一般民眾打響了知名度。人工生命實際運用的新聞，或許已從電視新聞上聽過不只一次，但我萬萬沒想到自己的妻子竟然……

「你說更換的意思是？」

「把瑕疵品拋棄，重新打造新品。」

他說話的語氣一樣客氣，但內容卻遠非常人所能想像。

「請您放心。除了記憶以外，一切都會照原樣輸出。」

也就是說，之前一起看的電影、在咖啡廳裡持續聊了兩個小時的回憶、在公園接吻的回憶，這一切都會消失？

「這次是因為我方處理不當，所以您可選擇全額退費後取消交易，或是進行更換，您打算怎麼做？」

這種事我怎麼可能選得出來。不管我妻子是什麼出身，我都深愛著她。

不過，有件事很可怕。

如果沒發生這麼嚴重的瑕疵，或是因為某個原因，對妻子的濃情轉淡，是否完全不會興起拋棄或更換的念頭？

……不，不會發生這種事。絕對不會。

所以今天就先回家吧。

愛妻還在家裡等我。

ない本

9A76549999000

12B4560005009

定価：本体714円（税別）

https://twitter.com/nonebook

FICT　￥714E

不存在的書　@nonebook

不存在的書

是從什麼時候開始不看書呢？
幼稚園時，因為看了一本可怕的書，而害怕自己一個人睡。
小學時，每個月用零用錢買一本書，反覆看同一本書。
國中時，整天泡在市立圖書館裡，搜刮有趣的書，一本一本閱讀。
高中時，學校裡只有運動社團，沒有文化類社團，對此感到絕望。
大學時，加入期盼已久的文藝社團，有生以來第一次遇見志同道合的同伴。
而現在，我看不下書。
並不是變得討厭看書。
而是在不知不覺間，逛書店的次數減少，打開書的次數減少。我包包裡總會放一本書，和那個時候一樣，但總是擺著同一本書，遲遲沒更換。

「這樣的話，介紹你一個好地方。」

相隔多年，與和我同期加入文藝社團的千秋相遇時，我告訴他自己最近都看不下書，結果他對我說「介紹你一個好地方」。

千秋喝了不少酒，連話都說不好，但還是用和以前一樣的渾圓字體在便條紙上寫下怎麼去那個地方，遞給了我。

從我的住處轉乘三次電車，再徒步走上二十五分鐘。雖然花了不少時間，但便條紙上的描述正確，我一路找到了那個地方，完全沒迷路。

位於住宅街上一隅的那家店，白色的牆上設有一扇焦褐色的木門，沒有窗戶，所以不知道裡頭是怎樣的光景。大門旁的看板寫著「內本工房」。

「內本工房？」

我聽說是像書店或介紹所之類的地方，所以看了之後略感困惑。

我喜歡科幻小說，而千秋則是時代小說迷。不過最重要的是我們都一樣喜歡書，而且波長一致。既然千秋都那樣說了，我就不必擔心此行會期待落空。

上方呈拱門形狀的木門，掛著一塊牌子，上面寫著「營業中」和「書本製作」。

我鼓起勇氣，用力推開門。明明太陽還高掛中天，但店內卻光線昏暗。看起來果然不像書店。裡頭設有吧檯，只有兩個圓椅座位，吧檯裡有個像店員的人影。

是位前面劉海略長的男性，看他的模樣，與其稱之為青年，還不如稱呼他少年還比較貼切。可能才十七、八歲，應該還不滿二十。那挺直的鼻梁和絲綢般的皮膚，美得令人直打寒顫。

「歡迎光臨。」

少年以遠比外表來得沉穩的聲音，請我就座。我找尋他的名牌，但他胸前什麼也沒掛。他就是內本先生嗎？

「請問，我聽說只要來這裡，就會發現自己想看的書。」

「對。」

見他以若無其事的神情回答，讓我對自己來到這陌生的場所露出侷促不安的模樣感到難為情。

「請看這個。」

我望向擺在吧檯上的紙張。似乎能在上面寫下自己對小說的愛好，例如想要的種類、文體等。

「請在上面填寫，並提供一張照片。」

「照片？」

「要創造出故事，需要靈感。這是用來激發靈感。」

我聽得一頭霧水，但還是照他的話做，從手機裡挑選一張照片發送。

「以傳送的圖片製作不存在的書。」

除了自動回覆的郵件上顯示的這行文字外，少年沒多做說明，便直接消失在吧檯深處的一扇門後。此刻的我根本無心看手機，一顆心七上八下地在店內等候。

仔細一看，吧檯深處的層架上擺滿了書。因為光線昏暗，看不清楚，不過每本書都沒有書背。似乎沒加裝封面。

「讓您久等了。」

少年從店內現身，手裡拿著一本文庫本。

「這是您要的書。」

他以俐落的動作遞出我要的書。我望向封面，大吃一驚。它用的是剛才我傳送的那張照片裡的部分畫面。

難道真如店名所示，店內有一座工房，裡頭還有工匠嗎？

不過，我不認為這是短短幾分鐘就能做出來的東西。他確實製作出一本書，而且上面還寫有作者和出版社的名字。外觀和書店賣的書沒什麼兩樣。我翻開版權頁確認，發現上面寫的是一個沒聽過的地址。

因為這實在太令人驚訝了，我甚至還心想，那扇門該不會通往異世界，從那裡的圖書館取出書來吧，但這樣的想法過於荒誕，所以我沒說出口。想到眼前這位美少年可能會笑話我，我頓時說不出話來。

「請問，這一本多少錢？」

雖然不清楚發生了什麼事，但既然他特地為我準備了這本書，我就得支付對等的價錢才行。我的錢包裡應該有三萬日圓左右，不知道夠不夠？

「不，我們不收錢。」

他讓我大感吃驚，接著還催促我離開。意思是在告訴我，你應該已經沒其他事了吧？

「謝謝。」

我抱著那本文庫本，走出店外。

我混亂的腦袋在接觸外頭的空氣後，感到說不出的舒服。我感到不安，擔心這一切該不會是一場夢吧，低頭確認手中的書。沒事，書還在。

書的種類算是科幻小說。內容是能感受到小時候那種興奮感的一本書。

我所附的照片，是以前全家一起去海水浴場時拍攝的。不知是採用怎樣的機制，它成為了書的封面。雖然我目前只看了內容摘要，但我心裡明白。

這本書應該能讓我像以前一樣讀得很開心。

因為這是為我而做的書。

後記

我一直很希望能自己做書。

我也曾想過，不光故事，如果一切全部都能自己一手包辦的話，不知道會有多好。然而，在創造這本書時，借助了許多人的力量。

攝影師是市川勝弘先生。

在拍攝這將近三十本書的照片時，他徹底發揮點子與技術，拍出魅力十足的照片。當畫面收進照片中，「不存在的書」便不再是仿造品，而是一部真正的作品。

設計師是荒井雅美小姐。

「因為設定是不同出版社的文庫本，所以內文的編排方式也可以改變嗎？」我提出幾個提議後，結果她馬上提供我好幾種編排方式。專家的工作能力實在令人敬畏。

而關於本書的書名，這點子也是源自偉大的前人CRAFT EBBING商會的《不存在之物在此》。

自己一個人也能享受書的樂趣。但要動手製作可就困難了。

在發掘「不存在的書」，將它製作成一本書之前，為此盡心盡力的編輯大野洋平先生、相關的所有人，以及拿起這本書的您，請讓我在此獻上最誠心的感謝。

國家圖書館出版品預行編目資料

不存在的書/能登崇著；高詹燦譯. -- 初版. -- 臺北市：皇冠文化出版有限公司, 2022.7
面；公分. -- (皇冠叢書；第5035種)(大賞；138)
譯自：ない本、あります。

ISBN 978-957-33-3909-0 (平裝)

861.57　　111009041

皇冠叢書第5035種
大賞｜138

不存在的書

ない本、あります。

写真　市川勝弘
本文デザイン　荒井雅美

作　　者—能登崇
譯　　者—高詹燦
發 行 人—平雲
出版發行—皇冠文化出版有限公司
台北市敦化北路120巷50號
電話◎02-27168888
郵撥帳號◎15261516號
皇冠出版社（香港）有限公司
香港銅鑼灣道180號百樂商業中心
19字樓1903室
電話◎2529-1778　傳真◎2527-0904
總 編 輯—許婷婷
責任編輯—黃雅群
美術設計—嚴昱琳
行銷企劃—蕭采芹
著作完成日期—2021年
初版一刷日期—2022年7月

法律顧問—王惠光律師

讀者服務傳真專線◎02-27150507
電腦編號◎506138
ISBN◎978-957-33-3909-0
Printed in Taiwan
本書定價◎新台幣380元/港幣127元